HARLEQUIN... VOUS CONNAISSEZ ?

★ Vous avez toujours sous les yeux le même décor familier, le même paysage trop connu, et vous rêvez de mers coralliennes, de jardins fabuleux, de grands voiliers ailés, de châteaux féeriques...

Alors, vous lisez HARLEQUIN !

★ Vous faites sans cesse les mêmes gestes monotones, recommencés à satiété, et vous avez envie souvent de devenir une autre, de jouer un rôle différent, de prendre un visage nouveau...

Alors, vous lisez HARLEQUIN !

★ Vous aimez l'amour, et peut-être vous comble-t-il ou bien peut-être vous a-t-il déçue. Comblée, vous ne vous lassez pas d'en entendre parler. Déçue, vous voulez croire encore à sa réalité...

Alors, vous lisez HARLEQUIN !

★ Au fil de chaque roman HARLEQUIN, vous oubliez le quotidien, vous abordez des terres inconnues, vous rencontrez des personnages dont les sentiments, les passions demeureront inoubliables...

Alors, vous lisez HARLEQUIN !

★ HARLEQUIN ★
Tout un monde d'évasion

L'aube aux doigts d'or

Jayne Bauling

HARLEQUIN S.A.
48, avenue Victor-Hugo. Paris XVIe

Cet ouvrage a été publié en langue anglaise sous le titre :

WALK IN THE SHADOWS

ISBN 2-86259-105-X
ISSN 0182-3531

1

— Venez à mon secours, je vous en prie !

La voix était jeune, haletante, mais la main qui s'agrippait à son bras ne tremblait pas. Nicole Prenn fit volte-face afin de voir la personne qui implorait ainsi son aide. La jeune fille lui était étrangère tout comme la plupart des invités qui se pressaient ce soir dans le salon de son père pour célébrer la nouvelle année.

— Que se passe-t-il ? demanda Nicole.

Elle avait cherché refuge sur la véranda, en quête de solitude, tentant d'échapper au bruit et à la chaleur qui régnaient à l'intérieur de la maison, quand la jeune fille l'avait abordée.

Nicole l'examina. Pas plus de dix-huit ans, pensa-t-elle. Un visage superbe avec son nez droit et court, ses yeux fauves, le tout encadré d'une crinière blonde. Nicole eut soudainement conscience que son propre visage était trop maquillé, même si elle l'avait fait à dessein. Sa peau blêmissait en effet les jours de grande chaleur et il avait fait très chaud aujourd'hui. Pas un souffle de vent pour chasser l'humidité suffocante. Au cours de l'après-midi, de lourds nuages noirs s'étaient accumulés dans le ciel, le tonnerre avait grondé au loin, annonçant un orage sur le veld ; mais les nuages s'étaient dispersés sous l'effet de la chaleur. Et quand Nicole avait commencé à se préparer pour la fête, ses yeux noisette représentaient la seule touche de couleur dans son visage pâle. Voilà pourquoi elle avait mis tant de rose à ses joues et avait revêtu sa robe la plus légère. Elle se sentit tout à coup trop maquillée et trop court vêtue à côté de la ravissante adolescente.

— C'est mon fiancé, expliqua cette dernière. Il m'a suivie jusqu'ici... mes parents lui ont probablement dit où j'étais. Il vient tout juste d'arriver. S'il croit que je suis seule, il ne dira rien. Mais s'il devine que je suis venue avec Todd, je vais avoir des ennuis. Il connaît Todd et ne l'apprécie guère.

— Todd Baxter ? s'enquit Nicole.

— Oui. Le connaissez-vous ?

— Un peu.

Todd Baxter était une connaissance de son père... un pique-assiette serait un terme plus approprié, pensa Nicole cyniquement. Robert Prenn était un homme généreux et Todd Baxter abusait de sa bonté. Nicole l'avait rencontré une fois ou deux à la maison mais n'était pas au courant de sa présence ce soir. Il était marié, elle le savait et fut peinée en pensant à sa femme, seule, sans mari, ce soir de la Saint-Sylvestre. Nicole n'aimait pas Todd ; non seulement parce qu'il trompait sa femme mais surtout parce qu'il se moquait d'elle et faisait rire les gens à ses dépens. Cette jeune fille savait-elle que Todd était marié ?

— Tant mieux si vous connaissez Todd, poursuivit la jeune fille après un moment de réflexion. Je ne connais pas votre nom, mais j'ai remarqué que vous étiez seule. Vous viendrez à mon secours, n'est-ce pas ?

— Tout dépend de ce que vous me demanderez, fit Nicole avec circonspection.

— Faites semblant d'être avec Todd. Quelques minutes seulement. Mon fiancé croira que Todd vous accompagne même s'il sait qu'il m'a emmenée ici. Il ne se mettra pas en colère... ajouta la jeune fille avec un sourire et son visage prit tout à coup un air de maturité.

Eve, pensa Nicole. Qu'essayait de faire cette femme-enfant? Son fiancé était peut-être plus âgé et ne ressentait pas le besoin de se divertir alors que c'était si important pour une personne de dix-huit ans... dix-huit ans... c'était bien jeune pour être fiancée... A cet âge-là, pensa Nicole, je tombais amoureuse tous les mois et j'aurais été horrifiée à l'idée d'être fiancée !

— Pourquoi devrais-je vous aider? demanda-t-elle avec curiosité.

— Je vous en prie ! Il le faut ! implora la jeune fille. Il sera furieux s'il sait que j'ai passé la soirée avec Todd. Faites comme si Todd vous accompagnait. Cela ne vous demandera que quelques minutes. Je vais le dire à Todd... il comprendra.

Elle n'essayait donc pas d'éveiller la jalousie de son fiancé. Peut-être était-elle venue à la fête avec la seule intention de s'amuser et se trouvait-elle maintenant dans une situation embarrassante. Nicole, incapable de voir quelqu'un dans le pétrin, lui répondit :

— D'accord.

Peu importait, après tout. Todd connaissait son père et jamais elle ne reverrait cette jeune fille et son fiancé. Celle-ci tenait probablement beaucoup à cet homme. Nicole l'aiderait donc en espérant que son effroi de ce soir l'empêcherait de se retrouver de nouveau dans la même situation.

— Merci, fit la jeune fille, les yeux étincelants. Vous êtes un amour! Mon fiancé ne m'a pas encore vue. Donc, je vais entrer au salon, tout expliquer à Todd et dans quelques instants, vous pourrez me suivre et vous occuper de lui comme s'il était votre propriété privée.

— Dieu m'en préserve ! rétorqua Nicole comme son interlocutrice quittait la véranda avec une grâce toute féline. Elle était grande et mince... comme un mannequin.

Nicole lissa ses cheveux châtain roux. Elle jeta un coup d'œil à sa montre. Encore une heure avant la nouvelle année. Que lui réservait-elle ? Rien ne lui faisait particulièrement envie. Son existence lui convenait parfaitement ; elle avait beaucoup d'amis et aimait son métier de peintre. Comme elle avait de la chance ! soupira-t-elle. Même si sa mère était morte quand elle était toute petite, elle avait eu une enfance heureuse chez ses grands-parents au Natal tandis que son père trouvait sa consolation dans sa peinture, parcourant l'Afrique du Sud, constamment à la recherche de nouveaux paysages à peindre.

Quelle bizarre façon de célébrer la Saint-Sylvestre ! pensa Nicole en se préparant à quitter la véranda pour aider la jeune fille qui semblait pourtant bien capable de se débrouiller toute seule. Elle se rappela ce Noël passé dans la famille de sa mère au Natal. Son frère Clive et sa jeune femme étaient venus exprès de Rhodésie. Mais dès le lendemain, Robert Prenn en avait eu assez de la côte Sud verdoyante et de ses paysages apaisants ct ils étaient rentrés, lui et Nicole, à la maison à Johannesburg.

Nicole entra dans le salon de mauvaise grâce et se mit à la recherche de Todd Baxter. Elle aperçut son père, les cheveux en broussaille, discutant vigoureusement avec un autre artiste.

Dans quelle galère s'était-elle laissé entraîner, songea-t-elle en apercevant Todd et en se dirigeant vers lui. Elle aurait mieux fait de dire à la jeune fille de se débrouiller toute seule. Toutefois, Nicole était incapable de refuser un appel à l'aide ; son père l'appelait « sa petite missionnaire » et cette tendance l'avait plus d'une fois dans le passé mise dans une situation difficile. Nicole soupira, espérant que la jeune fille avait averti Todd du stratagème.

Elle se sentit tout à fait ridicule en posant une main sur le bras de Todd et en levant les yeux vers lui en souriant. Nicole n'avait pas l'habitude de jouer la comédie et cela lui demandait un effort extrême. Elle souhaita ardemment que le fiancé courroucé fût témoin de la scène.

— Ah ! Nicole ! fit Todd Baxter en lui rendant son sourire et en emprisonnant sa main. Denise ne m'avait pas dit que ce serait vous.

— Elle s'appelle Denise ? Je ne crois pas qu'elle me connaisse, répliqua Nicole avec un sourire un peu trop forcé au bénéfice du fameux fiancé.

— Elle a bien choisi, dit Todd d'un ton appréciateur. Dans tous les sens du terme. D'ailleurs votre père m'a parlé de sa petite missionnaire...

— Et évidemment, je ne pouvais que m'embarquer, une fois que je connaissais la situation, rétorqua Nicole mi-triste mi-indifférente.

Elle n'arrivait pas à trouver cet homme sympathique, mais dans l'intérêt des relations entre la jeune fille et son fiancé...

Todd lâcha sa main pour entourer de son bras la taille de Nicole. Celle-ci retint de justesse un sursaut de répugnance. Non pas que Todd Baxter fût repoussant : il était au contraire assez bien physiquement, dans la trentaine, les yeux marron clair, les cheveux châtains ; mais elle ne pourrait jamais oublier les remarques cruelles qu'il avait faites sur sa femme. Quand un homme quittait sa femme, pensait Nicole, il pourrait au moins avoir la décence de ne pas la critiquer devant des tiers. Mais Todd n'avait pas quitté la sienne pour de bon.

— Je n'en ai pas les moyens, avait-il avoué un jour. Elle détient les cordons de la bourse.

— C'est ma gratification de fin d'année, lui glissait-il maintenant à l'oreille. C'est de bon augure pour le nouvel an, j'en suis persuadé.

— Et maintenant, que faisons-nous ? demanda Nicole, insensible à tout le charme que son compagnon tentait en vain de déployer. Nous n'allons pas nous sourire bêtement toute la soirée. Nous avons sûrement l'air ridicule. Nous croyez-vous pas que le fiancé de Denise soit satisfait maintenant ?

— Oh, non ! Pas encore ! rétorqua Todd rapidement. Il doit être pleinement convaincu que nous sommes ensemble. S'il croit que Denise et moi... je ne tiens pas à me le mettre à dos...

— Auriez-vous peur de lui ? demanda Nicole avec mépris ?

— Oui et vous agiriez de même si vous faisiez sa connaissance. Allons donc sur la véranda, proposa Todd. Je ne sais ce que vous faisiez toute seule dans un cadre aussi romantique mais permettez-moi d'y remédier. La situation l'autorise. Nous allons faire une grande sortie... ensemble.

— Sans trop d'ostentation, tout de même, prévint Nicole. Espérons que le fiancé nous surveille et en arrive rapidement à une conclusion.

— Je vous le promets, fit Todd.

Nicole se sentait mal à l'aise. Si son père la voyait sortir ainsi avec cet homme entourant sa taille de son bras, il exigerait sûrement des explications. Robert Prenn ne lui posait jamais de questions mais, même s'il tolérait la présence de Baxter chez lui, jamais il ne lui attribuerait le qualificatif d'ami.

Une fois sur la véranda, Todd essaya d'attirer Nicole dans ses bras mais elle l'éconduisit

— Non, Todd ! Personne ne nous regarde maintenant ! Je n'ai pas agi ainsi pour votre profit mais au bénéfice de la jeune fille. Pourquoi l'avez-vous amenée ce soir ? Elle n'est guère plus qu'une enfant.

— Ma chère Nicole, s'exclama Todd en riant, Denise Graeme a peut-être dix-huit ans mais elle est beaucoup plus vieille que vous malgré vos vingt-trois ans. Elle est déjà une femme tandis que vous êtes aussi naïve qu'une enfant qui vient de naître. Enfin... peu importe... je vous aime beaucoup.

— Que dois-je faire ? Tomber en pâmoison sous

l'effet de votre dernière remarque? rétorqua Nicole d'un ton sarcastique, vexée qu'on l'ait traitée de naïve.

— Vous avez la réplique cinglante, remarqua Todd.

Il l'entoura à nouveau de ses bras mais cette fois-ci, Nicole ne put échapper à son étreinte. Elle le regarda avec colère, étonnée de sa ténacité. Jamais il n'avait fait attention à elle; jamais, non plus il ne l'avait vue si maquillée et si légèrement vêtue. Elle portait toujours son blue jean de travail chaque fois qu'il avait rendu visite à son père.

— Vous pourriez gâcher les fiançailles de cette jeune fille, vous savez, ne put-elle s'empêcher de lui dire.

— Elle ne me permettrait jamais de le faire, rétorqua Todd en la serrant contre lui.

— Et votre femme, qu'en faites-vous? demanda-t-elle après s'être débattue en vain.

En entendant son rire, elle eut une soudaine envie de le gifler.

— Henriette me laisse faire; cela ne la regarde pas.

Un bruit derrière eux les fit sursauter. Nicole, humiliée, vit apparaître la ravissante Denise Graeme accompagnée d'un homme grand, bien bâti, un homme dont les yeux gris métallique contrastaient étrangement avec sa chevelure noire, sa peau mate.

— Comme vous le voyez, mon chéri, Todd a ses propres préoccupations. Il maudit notre intrusion, j'en suis sûre, ajouta la jeune fille avec un petit rire en se rapprochant de son fiancé.

— Je le vois, en effet, répondit l'homme avec ironie, regardant Nicole et Todd à tour de rôle d'un air condescendant.

Todd semblait carrément mal à l'aise. Si elle ne s'était pas sentie elle-même aussi confuse, Nicole aurait ri de cette situation classique.

— Je ne m'attendais pas à vous voir ici ce soir, fit Todd d'un ton gauche en s'adressant à l'inconnu.

— Cela saute aux yeux, répliqua ce dernier. Ne vous

laissez pas importuner par ma présence. Nous partons dans un instant, Denise et moi. Je voulais tout simplement m'assurer de quelque chose.

Il voulait s'assurer que Todd était trop occupé pour s'inquiéter de Denise, en déduisit Nicole, espérant voir les deux fiancés... et Todd Baxter... disparaître au plus vite.

— Ne craignez rien, fit Denise avec un sourire. Nous savons garder un secret.

— Merci, marmonna Todd.

Nicole, écarlate, aurait voulu crier. Le scénario se déroulait tel que prévu mais elle était furieuse. Elle sentait les yeux gris se poser sur elle d'un air appréciateur et se trouva affreuse à côté de Denise Graeme.

— Partons, mon chéri, fit Denise à l'inconnu en glissant son bras sous le sien. Je ne puis remercier nos hôtes car je ne les connais pas. Vous savez ce que sont ces fêtes !

— C'est vrai, répliqua l'homme aux yeux gris. J'ai déjà remercié votre hôte de votre part. C'est Robert Prenn.

Quelle poigne, pensa Nicole. A la place de Denise, elle n'aurait pas apprécié.

— L'artiste-peintre ?

— Oui.

— Je n'ai même pas fait sa connaissance, fit la jeune fille avec regret.

Ils semblaient ignorer tous les deux que Nicole fût la fille de Robert Prenn et celle-ci n'en souffla mot.

— Allons-y, suggéra le fiancé de Denise, d'un ton qui laissait entendre clairement que la compagnie lui déplaisait. J'aurais voulu vous mettre en garde, poursuivit-il en s'adressant à Nicole, mais d'après ce que je viens d'entendre, vous êtes bien consciente de vos actes.

Nicole se retrouva seule avec Todd. Jamais elle ne s'était sentie aussi humiliée de sa vie. Qu'avaient-ils entendu au juste en arrivant sur la véranda ? Elle fit un effort pour se souvenir... et fit la moue. Elle avait demandé à Todd : « Et votre femme, qu'en faites-vous ? »

— Ils sont enfin partis ! murmura son compagnon. Ma chère, quelle situation embarrassante !

Nicole, ses yeux noisette brillants de colère, se tourna vers lui.

— J'en ai assez, Todd. J'ai fait ce qu'on m'a demandé ; le fiancé de Miss Graeme en a tiré les conclusions escomptées. Je rentre dans la maison. Vous feriez mieux de m'accompagner au cas où ils y seraient encore. Mais ensuite, nous nous séparons. Vous vous moquez cruellement de votre femme ; pourquoi avez-vous remercié la jeune fille quand elle vous a assuré de sa discrétion ?

— Henriette me fait vivre, expliqua Todd Baxter. Elle sait pourquoi je l'ai épousée mais je ne veux pas qu'elle en devine davantage. Elle serait bien capable de me couper les vivres si elle était au courant.

— Vous avez épousé une femme pour son argent et vous le dépensez avec d'autres, fit Nicole froidement.

— Soyez de votre époque, ma chère. Cela se fait couramment.

— J'ai toujours trouvé jusqu'ici que les femmes délaissées étaient rancunières, mais elles ont bien raison, dit Nicole en se détournant de Todd avec dégoût. De fait, j'approuverais fortement votre femme de vous couper les vivres.

Elle se retourna brusquement et pénétra dans la maison, oubliant dans sa colère sa suggestion de faire leur entrée ensemble. Cela importait peu, se dit-elle quand elle fut calmée. Denise et son fiancé étaient déjà partis.

Elle ne les reverrait plus jamais, pensa-t-elle avec soulagement, en songeant à quel point elle s'était sentie mal à l'aise quand le couple était apparu sur la véranda. Néanmoins, elle se sentait profondément humiliée. Le sourire velouté de la jeune fille, le regard froid de son fiancé continuaient de la tourmenter.

Nicole rejoignit son père et tenta d'oublier ses déconvenues en se plongeant dans une discussion sur Matisse.

Aussitôt les douze coups de minuit sonnés, quand tous les invités eurent échangé des bons vœux, Nicole se retira chez elle.

Une fois dans sa chambre, elle se démaquilla. Malgré sa pâleur causée par la chaleur, elle était beaucoup mieux sans maquillage, pensa-t-elle en se regardant dans sa psyché. De taille moyenne, elle était mince, assez jolie. Denise, elle, était d'une beauté remarquable, songea-t-elle avec un peu d'envie, et deux hommes avaient voulu passer la Saint-Sylvestre en sa compagnie. Nicole, elle, n'avait personne. Elle comptait beaucoup d'amis fort sympathiques mais elle avait préféré assister à la fête chez son père et s'entourer d'inconnus plutôt que d'accepter une autre invitation. Cependant, elle ne regrettait pas sa décision. Son père lui avait demandé d'y être. Robert Prenn aimait s'entourer de sa famille et s'ennuyait beaucoup de son fils Clive et de sa jeune femme Alison depuis qu'ils étaient partis pour la Rhodésie.

Nicole continua de se regarder dans la glace. Ses cheveux longs et soyeux d'un châtain roux profond encadraient un visage mince, bien bronzé malgré sa pâleur momentanée ; ses yeux noisette trop grands étaient entourés de cils sombres. Ses pommettes hautes, son petit nez droit rendaient son visage trop anguleux, décida-t-elle avec mécontentement. Elle n'aimait pas non plus sa bouche, la trouvait ordinaire, incapable de discerner la sensualité de ses lèvres charnues.

Nicole se détourna et se dirigea vers la salle de bains. Elle n'avait pas l'habitude de ces longues stations devant la glace. Elle passait plus de temps à admirer la beauté du veld, la grande steppe sud-africaine, qu'à examiner son visage. Denise Graeme, elle, était si belle. Nicole n'avait jamais envié personne. Cette fois-ci, cependant, elle était bien près d'être jalouse, pensa-t-elle en se mettant au lit après avoir pris sa douche. Elle rageait intérieurement d'avoir ressenti cette humiliation ce soir, bien que cela importât peu car il y avait en effet peu de chance qu'elle les rencontrât de nouveau. Néanmoins, au souvenir des yeux gris métallique la regardant avec condescendance, elle se sentit à la fois irritée et mortifiée. Elle était obsédée par le souvenir d'un homme au corps puissant, aux traits décidés empreints de mépris et d'une jeune fille qui était à l'origine de toute cette histoire.

Elle devrait prendre la résolution pour cette nouvelle année de ne plus jamais venir en aide à personne, se jura-t-elle avec amertume en se recouvrant du drap frais. Mais c'était impossible, se dit-elle dans un demi-sommeil, se rappelant toutes les fois où elle s'était empêtrée dans des situations sans issue... par grandeur d'âme... comme ce soir.

Elle fut sur pied de bonne heure le lendemain matin. La chaleur était écrasante et elle passa une grande partie de la matinée à se prélasser dans la piscine en forme de rein. Son père avait insisté pour la faire construire et déclarait maintenant à qui voulait l'entendre que cette horreur déparerait le jardin à tout jamais. Une vapeur de chaleur voilait le ciel et il y avait peu de chance que la pluie vînt alléger l'atmosphère étouffante.

Nicole et son père étaient invités à dîner chez des amis ce soir-là. La jeune femme revêtit une robe légère, enfila des sandales et attacha ses cheveux en catogan. Il faisait trop chaud pour porter des bijoux.

Avant de partir, son père l'invita à prendre l'apéritif dans son bureau attenant à l'atelier. Nicole était consciente de l'honneur qu'il lui faisait. En effet, les amis les plus chers de Robert Prenn n'étaient pas admis dans ce lieu de retraite sacré et Nicole pouvait compter sur les doigts d'une seule main les occasions où elle avait eu le privilège d'y pénétrer depuis les trois années qu'ils partageaient la même maison.

Robert Prenn servit un gin-tonic à sa fille, se versa une bière et ils s'installèrent tous deux confortablement dans des fauteuils.

— La journée la plus chaude qu'on ait eue cette année, observa-t-il.

— La seule journée qu'on ait eue cette année, ajouta Nicole en riant.

— Ce sera une bonne année pour nous deux, ma petite fille chérie, fit Robert Prenn. Je le sens.

— Je veux bien te croire, répliqua-t-elle. Tu penses avoir un droit divin au bonheur, n'est-ce pas ?

— Les gens qui ont connu la réussite ont souvent cette impression, dit-il pensivement. Mais ce n'est pas toujours vrai.

— Je me demande si j'éprouverai un jour la même impression.

— Peut-être. Mais je m'inquiète pour toi parfois. Tu n'es pas... comment dire... dévorée par le feu sacré.

— Je n'ai pas ton génie.

— Le terme est un peu fort.

— Tu crois que j'essaie de te flatter, papa ? Tu devrais pourtant me connaître mieux. Je ne renoncerai jamais à la peinture, même si je n'ai pas le feu sacré.

— Tu n'y renonceras jamais, j'en suis persuadé. Mais la peinture jouera un rôle de second plan dans ta vie.

— Pas dans un avenir immédiat, en tous cas, assura Nicole avec le sourire. Je suis très heureuse.

— Au septième ciel ?

— Disons plutôt que je suis satisfaite, dit-elle en secouant la tête. Je ne crois pas désirer autre chose. Je ne veux pas d'une existence trop palpitante.

— Moi, si.

— Tout te passionne, papa... un arbre... un rocher... Tu la détiens peut-être la clef du bonheur...

C'était vrai. Robert Prenn n'avait jamais perdu cette

capacité de s'émerveiller propre à la jeunesse. Il médita quelques instants sur les paroles de sa fille tandis qu'elle le regardait avec affection.

— T'es-tu amusée hier soir ? demanda-t-il soudain en regardant Nicole avec attention.

— Oui, merci, fit-elle, tout en sachant qu'elle ne pourrait le duper.

— Je t'ai vue avec ce Baxter... A quoi jouais-tu ?

Nicole soupira. Comme elle aurait voulu oublier cet épisode.

— Le terme est juste ! Je jouais la comédie ! Je venais au secours d'une petite idiote de dix-huit ans qui ne s'est pas encore rendu compte qu'il est dangereux de courir deux lièvres à la fois !

— Je reconnais bien là ma petite Nicole ! fit Robert Prenn en riant. Mais, si ma mémoire ne me fait pas défaut, tu as fait la même chose à dix-huit ans !

— C'est vrai. J'avais terminé le lycée et je me prenais pour une grande. Mais par contre, moi, je n'ai jamais essayé de berner mon fiancé !

— Et il n'y a jamais eu d'homme marié en jeu, à moins que tu ne m'aies pas dit toute la vérité, ajouta son père. Je n'aime pas la façon dont Baxter parle de sa femme.

— Moi non plus. Et, tu sais, papa, j'ai toujours été très honnête avec toi.

Jamais elle n'avait eu de secret pour son père. Il avait toujours su avec qui elle sortait, était au courant de ses amitiés et de ses amourettes. Souvent, elle avait cru être amoureuse mais, en vieillissant, elle avait appris à reconnaître que ce n'étaient que des béguins.

— J'en suis fort heureux, fit Robert Prenn. Nicole, j'ai à te parler. J'ai une commande pour toi.

— Papa ! répliqua la jeune femme avec reproche.

Elle aimait que son père critiquât son travail et il le faisait souvent de façon impitoyable. Mais il y avait cependant une entente tacite entre eux... elle ne voulait accepter aucune aide de son père et tenait à mener sa propre vie.

— Ecoute-moi bien, ma chérie, dit-il avec hâte. Je tiens à ce que tu acceptes. Il faudrait te rendre dans le nord du Transvaal, dans la région du Soutpansberg et du Piesanghoek. D'ailleurs, tu devrais connaître cette partie du pays, je te l'ai répété maintes fois. Regarde ce tableau au mur ; je l'ai peint dans le Blaauberg, tout près de là. J'ai passé quelques mois inoubliables dans cette région il y a plusieurs années. C'est superbe.

— Pourquoi n'as-tu pas accepté cette commande pour toi, alors ? s'enquit Nicole.

— J'aimerais que ce soit toi qui l'acceptes.

— Pourquoi ? Quel genre de travail est-ce.

— Un portrait.

— Papa ! s'écria-t-elle. Je suis incapable de peindre des portraits, tu le sais bien. J'ai horreur de cela. J'ai pourtant essayé mais tous mes efforts en ce sens se sont révélés insipides sur la toile. Je n'ai jamais eu envie de peindre qui que ce soit. Je n'aime pas beaucoup le genre humain, je crois. Je préfère les montagnes.

— Tu n'en seras qu'appauvrie, rétorqua Robert Prenn avec fermeté. Ecoute-moi, Nicole. J'ai accepté en ton nom. Sorensen, qui était ici hier soir... Nicole dis-moi, pourquoi y a-t-il toujours un si grand nombre d'inconnus à mes réceptions ?

— Tu devrais pourtant en avoir l'habitude. Tes amis amènent leurs amis et ainsi de suite, expliqua sa fille.

— Tu as raison. Pour en revenir à cette commande, le vieil oncle de ce Sorensen désire que je fasse son portrait.

— Quelle prétention ! jeta Nicole d'un ton sec.

— Peut-être. Je ne pourrai le faire, je l'ai dit à Sorensen et il a accepté que toi tu le fasses. Son oncle sera peut-être déçu, m'a-t-il dit, mais il finira bien par céder.

— Charmant ! Tu as probablement omis de lui

avouer que ta fille n'était pas meilleure portraitiste que toi, j'imagine !

— S'il ne peut avoir les services de Robert Prenn, il acceptera probablement en deuxième choix un autre membre de la famille. Et même si tu fais un gâchis, tu seras bien payée. Ils en ont les moyens, ajouta Robert Prenn sèchement. Tu accepteras, n'est-ce pas, ma chérie ?

— Je n'ai pas le choix, fit Nicole en riant. Je ne perdrai pas mon temps, même si c'est un échec ; et si tu crois que je devrais visiter le Soutpansberg... ont-ils une ferme ?

— Oui ; ils cultivent des avocats. Ils réussissent très bien. La ferme appartient au neveu. Le vieux Traugott Sorensen avait une plantation d'agrumes dans la région de Nelspruit mais l'a vendue à sa retraite. Il n'avait qu'une fille et elle n'en voulait pas ; quant à son neveu, il avait déjà hérité de cette plantation d'avocatiers de son père... le frère de Traugott.

— C'est le neveu qui t'a tout raconté hier soir ?

— J'avais déjà entendu parler de cette famille dans le Soutpansberg. On parle beaucoup d'eux là-bas.

— Sorensen ? C'est un nom scandinave, n'est-ce pas ?

— Danois, pour être exact. Traugott Sorensen est d'origine danoise par son père, allemande par sa mère. C'est le benjamin et le seul survivant d'une famille de dix garçons ; son père était missionnaire et est arrivé ici au siècle dernier.

— Il doit être assez âgé, alors.

— C'est un septuagénaire, répondit Robert Prenn en posant son verre sur une petite table à ses côtés. Il y avait une grande différence d'âge entre les huit premiers fils et les deux derniers, Einer et Traugott. Ce furent d'ailleurs les deux seuls à être fermiers et ils furent toujours très près l'un de l'autre. Hans, le neveu qui était ici hier soir, est le fils aîné d'Einer et a hérité de sa propriété...

— Qui va me payer ? Hans ou son oncle ? demanda Nicole.

— Je n'en sais rien, répondit son père. C'est le neveu qui me l'a proposé mais l'idée vient de Traugott ou du moins il me semble. On te donnera tous les détails sur place.

Nicole regarda son père avec impuissance. Jamais il n'aurait le sens des affaires !

— Quand dois-je y aller ?

— Le plus tôt possible. Je ne connais pas l'état de santé de Traugott Sorensen mais il vieillit et veut probablement voir son portrait réalisé au plus vite. Tu habiteras chez eux à la ferme. J'ai leur adresse. Tu peux leur écrire pour leur annoncer ton arrivée. Iras-tu en voiture ?

— Oui, je crois, fit Nicole. Pour bien voir le paysage. Je partirai dans quelques jours, le temps de régler mes affaires. Si je dois absolument peindre ce portrait, j'aimerais le faire au plus vite.

— Prends ton temps, l'avertit son père. Essaie de faire du bon travail. N'oublie pas ton intégrité professionnelle.

— Bien sûr, papa, fit Nicole en souriant. Je vais faire un effort. Et si le résultat est mauvais, j'aurai au moins la satisfaction d'avoir fait de mon mieux.

Nicole partit pour le Transvaal le lendemain de la fête des Rois. Elle avait averti par lettre les Sorensen de son arrivée.

La jeune femme avait finalement réussi à calmer ses appréhensions au sujet du portrait et considérait désormais cette commande comme un défi. Si Traugott Sorensen était un personnage intéressant, peut-être son portrait serait-il réussi. Le vieillard pourrait par contre faire le difficile s'il était froissé de n'avoir eu que la fille alors qu'il voulait le père. C'était bizarre, tout de même, d'avoir eu recours à Robert Prenn. Les gens qui connaissaient son père de réputation savaient qu'il ne peignait jamais de portraits.

Nicole se demandait comment serait Traugott Sorensen. Il était âgé : voilà tout ce qu'elle savait de lui. Elle imaginait déjà les Sorensen d'après les dires de son père : de grands hommes blonds au teint clair, très probablement, avec du sang viking dans les veines, du sang fier, arrogant.

Nicole trouva le trajet agréable, malgré la chaleur de janvier, s'arrêtant parfois pour prendre une boisson fraîche ou admirer un paysage.

Des acres et des acres de veld aride se déroulaient sous ses yeux... des villes aux noms sonores, Nylstroom, Naboomspruit, Potgietersrus... Pietersburg et ses vastes pâturages environnants...

La jeune femme ne se lassait pas d'admirer les beautés du paysage, malgré les longues heures de route sous le soleil brûlant... les collines formées d'énormes rochers nus jaillissant çà et là dans la steppe, les montagnes bleues du Soutpansberg se détachant à l'horizon.

Elle freina brusquement à la vue d'une petite chatte noire, toute maigre, seule au bord de la route. Elle mit un peu de temps à l'attraper puis l'installa confortablement sur ses genoux dans la voiture et lui donna le reste des sandwichs achetés à Naboomspruit.

Tout était désert autour d'elle. Pas une maison dans les environs. La petite chatte, âgée de quelques mois à peine, ronronnait maintenant avec délices.

— Je me suis encore embarquée dans une affaire... incapable de résister, murmura Nicole. J'espère que les Sorensen aiment les chats. Au fait, les Vikings aiment-ils les chats ? se demanda-t-elle en déposant le chaton endormi sur la banquette arrière.

Elle ne s'égara qu'une seule fois en essayant de trouver la ferme des Sorensen et finit par s'arrêter et demander son chemin dans un petit bazar complètement isolé. Elle eut du mal à se faire comprendre du propriétaire car elle parlait rarement l'afrikaans depuis qu'elle avait quitté le lycée. Elle finit tout de même par saisir quelques bribes, le remercia et retourna à la voiture.

La ferme était tout près. Nicole traversa une première grille et se mit à gravir un sentier abrupt.

Soudain, une enfant fit irruption sur le chemin, sortant d'un taillis. Nicole freina brusquement et sortit de la voiture en vitesse, tremblante d'émotion. Deux grands yeux gris l'examinaient avec curiosité.

— Vous feriez mieux de faire attention en traversant la route même si c'est une propriété privée, observa Nicole d'une voix vacillante. J'ai failli vous toucher.

La fillette, qui semblait âgée de neuf ans, ne fit aucun effort pour s'excuser.

— Je ne m'attendais pas à ce que quelqu'un arrivât ce soir. Que voulez-vous ?

Nicole fut déconcertée ; elle ne connaissait pas les enfants. La fillette semblait calme, maîtresse d'elle-même avec son petit visage sans expression. Elle était mince, sans être maigre et ses cheveux châtains étaient décoiffés. Nicole avait déjà vu ce visage, mais où ? On aurait dit une madone de plâtre.

— Comment vous appelez-vous ? demanda-t-elle à l'enfant.

— Mélanie.

— Mélanie comment ?

— Mélanie Sorensen. Et vous ?

— Nicole Prenn.

— Pourquoi êtes-vous venue ? Ils ne veulent pas de vous.

— Je suis venue faire le portrait d'un monsieur Traugott Sorensen, répondit-elle en se demandant ce que signifiait le commentaire de l'enfant.

— Oncle Traugott, mon grand-oncle. Il ne vous laissera pas faire son portrait. Il veut que ce soit un homme qui le fasse et vous, vous n'êtes qu'une femme, expliqua la fillette calmement.

— Eh bien, ils sont au courant de mon arrivée, répliqua Nicole calmement. Vous devriez être à la maison à cette heure-ci ! La nuit va bientôt tomber et on va vous chercher.

— Cela ne fait rien, fit-elle d'une voix triste.

— Que faisiez-vous dans le taillis ? s'enquit Nicole, mal à l'aise face au calme de l'enfant.

— J'avais des choses à faire, chuchota Mélanie Sorensen d'une voix mystérieuse.

Nicole esquissa un sourire en entendant cette phrase typiquement enfantine. Elle s'était probablement créé un petit monde imaginaire et refusait de le partager.

— Monsieur Hans Sorensen est-il votre père ?

— Mon oncle. Je n'ai pas de père. Ni de mère. Ils sont morts, expliqua-t-elle avec dignité.

— Je suis désolée. Moi non plus, je n'ai plus de mère. Elle est morte quand j'étais toute petite. Mais j'ai la chance d'avoir encore mon père, fit Nicole avec douceur.

— Vous souvenez-vous d'elle ?

— Très peu.

— Moi, je m'en souviens. De mon papa aussi. J'avais cinq ans quand ils se sont fait tuer. J'en ai neuf maintenant.

— Et il n'y a que vous ici avec vos oncles Traugott et Hans ? s'enquit Nicole.

Cela expliquait pourquoi la fillette jouait seule, loin de la ferme, entre chien et loup. Deux hommes seuls, dont un vieillard, pouvaient, sans le vouloir, négliger un enfant.

— Il y a tante Ellen.

— La femme de votre oncle Hans ?

— Non, de mon oncle Traugott, répondit Mélanie en secouant la tête. Elle est vieille mais pas autant que lui. Oncle Hans n'a pas de femme mais il va épouser ma tante. Elle me l'a dit. Elle n'a que neuf ans de plus que moi.

— Deux fois votre âge, remarqua Nicole. Qui est cette tante ? C'est une parente ? Voulez-vous monter en voiture avec moi ? poursuivit-elle. Votre tante Ellen va s'inquiéter.

— Je ne crois pas, fit l'enfant avec gravité. Mais je vais quand même rentrer bientôt.

Mélanie s'approcha de la voiture et jeta un coup d'œil à l'intérieur.

— Vous avez apporté votre chaton ?

— Non, je l'ai trouvé sur la route, à une dizaine de miles d'ici, expliqua Nicole. Elle était affamée, la pauvre petite.

— Qu'en ferez-vous ?

— Je ne sais pas. J'espère que votre famille voudra bien la garder. Sinon, je la rapporterai à Johannesburg quand je rentrerai. J'y ai déjà deux chats.

— Nous, nous en avons trois, dit Mélanie. Et un chien. Ils n'en voudront pas et vont sûrement se bagarrer avec elle. Oncle Hans n'en voudra pas non plus. Il sera furieux.

La fillette parlait d'un ton monocorde et Nicole l'observa avec anxiété. Peut-être cet oncle Hans était-il un homme impitoyable ! Mélanie était une enfant opprimée, cela sautait aux yeux. Elle n'avait pas encore souri une seule fois, remarqua Nicole qui sautait souvent un peu trop rapidement aux conclusions.

— Vous ne voulez pas monter ? Vous en êtes sûre ? demanda-t-elle à l'enfant en prenant place dans la Volkswagen.

— J'en suis sûre, répéta Mélanie.

Au revoir, alors, fit Nicole en démarrant.

Elle n'aimait pas laisser l'enfant seule ainsi mais les Sorensen voulaient peut-être donner à la fillette la plus grande autonomie possible.

Nicole continua son chemin. Elle traversa une vaste

plantation d'avocatiers, puis une bananeraie. Elle avait toujours cru que les bananes ne poussaient qu'au Natal. Mais, de fait, elle était en plein cœur du Piesanghoek et « piesang » en afrikaans signifiait banane. Elle aperçut un peu plus loin un jeune Africain menant un petit troupeau de moutons au pâturage.

Nicole ralentit en voyant la magnifique maison adossée à la montagne. Une grande avenue traversait les pelouses bien entretenues. La vieille demeure aux murs blancs patinés, rosis par le soleil couchant, était entourée d'une véranda.

La jeune femme arrêta sa voiture devant l'escalier monumental et sortit. Elle sourit en voyant la porte de la maison s'ouvrir et monta l'escalier lestement.

Son sourire se figea tout à coup et elle porta une main à sa bouche. Deux yeux gris appréciateurs la regardaient. Elle n'avait cessé avec humiliation de penser à cet homme au physique puissant et à sa fiancée, Denise Graeme, depuis la Saint-Sylvestre. N'avait-elle pas vécu en effet le moment le plus embarrassant de sa vie lors de leur première rencontre ?

Il ne sembla pas la reconnaître au premier abord ; puis ses yeux se firent d'acier et ses lèvres se resserrèrent. Les lèvres d'un homme sans pitié envers toute personne qui lui déplaît, songea Nicole avec appréhension en s'arrêtant à mi-chemin dans l'escalier.

— Que dois-je dire ? Que le monde est petit ? dit-il d'une voix glaciale tout en lui jetant un regard chargé d'aversion.

L'atmosphère était tendue. Mais, songea Nicole, que pouvait-elle ajouter ?

— Comme c'est gênant, finit-elle par articuler.

2

— Gênant ? répéta-t-il sans même la regarder.

Ses yeux gris fixaient les collines bleues à l'horizon.

— Ne l'est-ce pas ? fit Nicole faiblement.

— Pour vous, si.

— Mais, bien sûr ! Je ne parlais pas pour vous, répliqua-t-elle précipitamment, les joues roses de confusion.

— Evidemment, rétorqua-t-il. Vous êtes Nicole Prenn, j'imagine ?

Elle acquiesça de la tête.

— Vous êtes Monsieur Hans Sorensen ?

— C'est exact. Si j'avais deviné qui vous étiez l'autre soir... dit-il sans même prendre la peine de terminer sa phrase.

— Vous auriez annulé toute l'affaire, termina-t-elle pour lui sans qu'il tentât de la contredire. Et si moi j'avais su qui vous étiez, je ne serais pas venue.

— Pourquoi ? Parce que j'en sais trop sur vous ? Baxter était-il au courant que vous veniez à Piesanghoek ?

— Todd ? s'exclama Nicole, profondément étonnée.

— Qui d'autre ? répliqua Hans Sorensen avec impatience. Vous voulez encore faire plus de mal à Henriette Baxter ? Pour quelle raison ? Femme contre femme... l'éternel défi ? Le combat porté dans le camp ennemi ?

Nicole fut tentée, l'espace d'un moment, de lui expliquer toute l'histoire mais elle préféra se taire car Denise Graeme était à l'origine du quiproquo et elle avait imploré son secours.

— Vous pourriez évidemment m'empêcher de faire encore plus de mal à Mme Baxter, monsieur. Vous pourriez me mettre à la porte.

— Malheureusement, c'est impossible, rétorqua-t-il d'un ton cassant. C'est Traugott, mon oncle, qui vous emploie. Pas moi.

— Vous pourriez lui expliquer. Il est sûrement aussi honnête et vertueux que vous l'êtes ; il partagerait votre opinion.

Etait-ce une lueur d'humour qui brilla passagèrement dans les yeux gris de Hans Sorensen ?

— Je n'ai jamais dit que j'étais intègre et vertueux. Tout dépend comment l'on définit ces termes... A mon âge, il est normal que j'aie besoin d'une femme, non ? Et pourtant je ne suis pas encore marié.

Nicole rougit tout en se demandant quel âge il pouvait bien avoir. Fin trentaine, décida-t-elle d'après les rides aux commissures de ses lèvres.

— Je ne m'attendais pas à cela du petit-fils d'un missionnaire, railla-t-elle.

— Votre comportement n'est pas conforme à ce que j'attendais de la fille de l'homme dont j'ai fait la connaissance l'autre soir et que j'admire, reprocha-t-il avec mépris, une lueur dangereuse cette fois dans les yeux.

— Peut-être le connaissez-vous mal ? Après tout, la rencontre a été brève, n'est-ce pas ? fit Nicole pour le narguer.

— Vous avez raison, admit-il.

Ils étaient toujours dans l'escalier.

— Et maintenant, que ferez-vous ? s'enquit-elle.

— Rien, Miss Prenn, fit-il en haussant les épaules. Traugott en est arrivé à la conclusion suivante : s'il ne peut retenir les services de Robert Prenn, il retiendra ceux de Nicole Prenn. Vous resterez donc ici jusqu'à ce que le portrait soit terminé. Traugott et Ellen ne doivent rien savoir de notre première rencontre.

— Oui, mon seigneur et maître, fit Nicole avec une pseudo-modestie affectée.

Mais en voyant l'expression sur le visage de Hans Sorensen, elle se précipita au pied de l'escalier.

— Je vous conseille de faire attention, Miss Prenn, dit-il en la suivant.

— Au cas où j'aurais à compter sur votre discrétion ? Je ne m'attendais pas du tout à ce que vous soyez ainsi, poursuivit-elle franchement. Je croyais... j'imaginais un Viking blond...

— Ce sont des idées préconçues... ma mère était brune, la renseigna-t-il brièvement. Je vais porter vos valises dans la maison.

Nicole ouvrit le coffre de sa voiture.

— Je n'ai pas beaucoup de bagages. Tenez, voici mon matériel de peinture. Attention, c'est fragile. Mon chat pourrait-il avoir du lait, s'il vous plaît ?

— Votre chat ?

— Oui, fit Nicole en prenant dans ses bras l'animal endormi. Je l'ai trouvé sur la route. Il était affamé et dans un état lamentable.

— C'est vrai ? dit Hans Sorensen en regardant d'abord le chaton puis la jeune femme. Je vois. De plus, je parie qu'il a des puces, que c'est une femelle non châtrée et qu'il fait ses besoins partout.

— C'est une femelle, en effet, admit Nicole humblement. Et elle est beaucoup trop jeune pour être châtrée.

— Nous devrons l'héberger, j'imagine ?

— Jusqu'à mon départ, implora Nicole. Si vous n'en voulez pas, je la rapporterai à Johannesburg. A moins que vous ne connaissiez quelqu'un qui veuille un chat.

— Les fermiers des alentours n'ont pas besoin de

chats ; ils en ont bien assez comme cela, fit-il patiemment. Nous en avons déjà trois ici.

— A vous entendre, j'aurais mieux fait de la laisser mourir de faim ? rétorqua Nicole avec emportement.

Un sourire bref éclaira les traits décidés de Hans Sorensen.

— Allez, apportez-la. Vous la donnerez à Sarah dans la cuisine.

— C'est la bonne ?

— Oui. Entrons.

Nicole, tout en montant l'escalier de nouveau, déclara gauchement :

— Merci, monsieur Sorensen. Nous nous imposons, ma chatte et moi... je m'en rends bien compte.

— N'en parlons plus. Je le fais pour mon oncle. Il n'aime pas être contrarié.

Les yeux de Nicole lancèrent des éclairs mais elle ne prononça pas un mot. Jamais elle n'avait rencontré un homme tel que Hans Sorensen et elle le détestait. Elle n'avait pas l'habitude d'être traitée avec mépris. Quant à Traugott, ce serait sûrement un sujet difficile.

Ils traversèrent le hall pour pénétrer dans un immense salon. Une Africaine au visage fier les accueillit.

— Sarah, miss Prenn a apporté un chat. Mettez-le à la cuisine et donnez-lui à manger, fit Hans Sorensen après avoir fait les présentations. Et dites à Madame qu'elle est arrivée, je vous prie.

— Bien, Monsieur, répondit Sarah en souriant.

Celle-ci prit le chat dans ses bras et quitta la pièce.

Nicole fit des yeux le tour du salon. Par de grandes fenêtres, l'on avait une vue superbe sur la campagne et les montagnes. La pièce était agencée avec un goût exquis, admit-elle contre son gré. Piano magnifique, moquette épaisse, ameublement ancien et de qualité.

Ce furent toutefois les tableaux qui retinrent son attention. On pouvait y admirer des œuvres des meilleurs artistes sud-africains ainsi que des toiles de grands maîtres européens. Des merveilles... dont chacune coûtait une fortune. Nicole reconnut un tableau de son père représentant une vue de Knysna le soir ; les coloris étaient sombres, voire ternes mais le pinceau de Robert Prenn avait su capter l'ambiance bouleversante.

La jeune femme, éblouie, se tourna vers Hans Sorensen.

— N'et-ce pas beau ? dit-elle.

— Très, répondit Hans sèchement.

Le sourire s'effaça des lèvres de la jeune femme, la lueur d'émerveillement disparut de ses yeux.

— Vous ne l'aimez pas ?

— Peut-on aimer ce genre de tableau ?

Saisissant sa pensée :

— Non, on le ressent, dit-elle avec douceur.

Hans Sorensen la détailla d'un regard impassible.

— Ce n'est pas étonnant que je ne vous aie pas reconnue au début. Vous êtes complètement différente de la femme de l'autre soir. Vous n'êtes pas habillée de la même façon.

Nicole se rendit compte à quel point le contraste était grand. La veille du Jour de l'An, elle était très maquillée et portait une robe des plus légères. Aujourd'hui, elle avait revêtu un chemisier et un pantalon en prévision du voyage. Elle n'était pas maquillée et ses cheveux auburn étaient attachés.

Intimidée par cet examen minutieux, Nicole ne savait plus que dire. Il lui arrivait rarement d'être embarrassée ; toutefois, cet homme réussissait à la gêner et elle lui en voulait.

— Quel contraste, continua-t-il avec douceur. Qui êtes-vous, Nicole Prenn ? Combien de personnalités avez-vous ? Toute à tous, n'est-ce pas ? Je n'ai jamais prisé cela... c'est trop facile.

— Pourquoi serait-ce facile ? Bien des hommes politiques le sont. Dites donc rusée... ou même retorse pendant que vous y êtes. Vous n'achèteriez jamais une voiture d'occasion chez moi, n'est-ce pas ? lança-t-elle.

— C'est dommage que je vous aie vu agir l'autre soir, sinon vous auriez peut-être réussi à me convaincre de votre personnage actuel.

Nicole, profondément et inexplicablement blessée, détourna la tête.

— Vous avez parlé tout à l'heure de porter le combat dans le camp ennemi. Cela signifie-t-il que les Baxter habitent près d'ici ?

— N'êtes-vous pas au courant ? Leur ferme est à quelques miles... la ferme d'Henriette, pour être exact.

— Non, je ne le savais pas.

— Cela m'étonne, répliqua-t-il d'un ton sarcastique. Baxter vous a avoué qu'il était marié sans vous raconter dans quelles circonstances ?

— Il ne m'en a rien dit. Je ne le connais pas très bien.

— Vraiment ? J'aurais pourtant juré le contraire, fit-il calmement.

Nicole rougit. Mais avant qu'elle put prononcer les paroles violentes qui lui venaient aux lèvres, ils furent interrompus par l'arrivée d'un couple âgé. Traugott Sorensen, le type même du Scandinave, avait les cheveux blancs comme neige, les yeux bleu clair, les joues rouges et hâlées. Il était très grand, semblait en excellente santé pour un homme de son âge. Il avait le visage noble et fier, pensa Nicole en espérant être en mesure de le mettre en valeur sur la toile.

— Je vous présente miss Prenn, dit Hans brièvement. Miss Prenn, M. et Mme Sorensen.

— Comme je suis heureuse de vous accueillir parmi nous, fit Mme Sorensen en lui serrant la main. J'adore faire de nouvelles connaissances.

— Il ne faut pas la déranger dans son travail en tentant de lui faire raconter sa vie, Ellen, dit Traugott Sorensen avec un soupçon d'accent guttural.

Ellen avait peut-être quinze ans de moins que son

mari et Nicole l'aima d'emblée. Grande et mince dans sa robe bleu marine, les cheveux gris, elle avait une élégance innée.

— J'espère que mon travail saura vous satisfaire, monsieur Sorensen, fit Nicole en s'adressant à Traugott Sorensen. Je tiens cependant à préciser que, tout comme mon père, je ne suis pas spécialisée dans le portrait. Papa ne l'a pas mentionné à monsieur... à votre neveu.

— Ce n'était pas nécessaire et il le savait, répondit le vieillard. Hans m'avait dit lui aussi que les Prenn ne sont pas des portraitistes... il est plus au courant que moi dans ce domaine... mais je tenais à avoir un Prenn. Il est le seul artiste sud-africain que j'apprécie ; et si je ne puis retenir ses services, sa fille fera aussi bien l'affaire. Nous ne porterons aucun jugement jusqu'à ce que l'œuvre soit terminée, Miss Prenn. Toutefois, vous êtes plus jeune que je ne croyais... je ne veux pas que vous me peigniez avec un œil au milieu du front !

— Non, je vous le promets, fit Nicole en éclatant de rire.

— Traugott et moi sommes très conservateurs en matière d'art, expliqua Ellen Sorensen. Si je vous montrais votre chambre ? Donnez-moi tout cet attirail, Hans et allez donc chercher Mélanie. Elle a encore disparu, Sarah me l'a dit.

— Oh ! la petite fille ! s'écria Nicole. Je l'ai vue. Je lui ai offert de la ramener à la maison mais elle a refusé. Elle était tout près d'un taillis, avant la plantation d'avocatiers si l'on se dirige vers la maison. Oh ! C'est si difficile à expliquer !

— Je connais l'endroit, fit Hans. On l'a déjà trouvée là-bas plus d'une fois. Je vais la chercher, Ellen, ne vous inquiétez pas. Avez-vous laissé vos clefs dans votre voiture, Miss Prenn. Je vais la mettre au garage avant d'aller chercher l'enfant.

Une fois son neveu parti, Ellen se tourna vers Nicole.

— Venez vous installer. Comme nous habitons la campagne, nous dînons de bonne heure et Sarah va bientôt mettre le couvert.

Et sur ce, elles quittèrent toutes deux le salon.

— Je vous ai donné une chambre au fond de la maison, expliqua Ellen. Ainsi, si vous sentez le besoin de vous isoler, vous y serez plus tranquille. Mélanie a sa chambre à côté de la vôtre, mais elle ne vous dérangera pas. C'est une enfant tranquille, peut-être trop parfois.

Nicole suivit Mme Sorensen et pénétra dans une grande chambre, conçue avec goût. Le lit ancien en bois, à tête sculptée, était recouvert d'un jeté de couleur crème assorti à la moquette. Les murs étaient tendus de papier jaune qui contrastait agréablement avec le bois sombre des meubles de prix.

— Ce sont mes couleurs préférées ! s'exclama Nicole avec ravissement. C'est magnifique, madame Sorensen.

— J'étais sûre qu'elle vous plairait, répondit la vieille dame, enchantée. Sarah me dit que vous avez apporté une chatte ? poursuivit-elle en s'asseyant dans un fauteuil.

— Oui, je l'ai trouvée sur la route et j'ai été incapable de l'y laisser. Elle était affamée. Je suis désolée qu'elle vous gêne, fit Nicole avec anxiété. Vous avez déjà trois chats et je le comprends très bien. Je la rapporterai à Johannesburg en rentrant.

— Ce serait mauvais de l'arracher à son territoire si elle s'y plaît, dit Ellen. Un chat de plus ou de moins dans une maison ne change pas grand-chose et nous aimons les chats.

— Je ne crois pas que M. Sorensen... votre neveu... ait été particulièrement ravi, fit Nicole d'un air de doute.

— Ne vous en faites pas, répliqua Ellen en souriant. Il est tendu depuis quelque temps à cause de Mélanie et de la turbulente Denise. La situation va finir par se régler, c'est évident, mais, à mon avis, Hans tente de remplacer Vanessa par Denise. Elle ressemble terriblement à sa sœur au même âge. Hans et Vanessa ont eu une aventure plutôt tumultueuse il y a plus de dix ans ; mais Vanessa finit par épouser Karl, le frère de Hans, car elle voulait quitter la ferme. Karl travaillait à Pietersburg. Voilà, entre autres, pourquoi Hans tient tant à Mélanie... c'est qu'elle est la fille de Vanessa. Oh, mon Dieu ! c'est peut-être de mauvais goût de vous raconter toutes ces histoires quand nous venons à peine de faire connaissance ; mais j'ai deviné en vous voyant que je pourrais vous parler en toute confiance. La compagnie d'une femme me manque énormément. Toutes mes amies sont fermières ; elles sont donc très occupées et nous pouvons être plusieurs jours sans nous voir. Parfois, je m'ennuie à un point tel que je prends la voiture et vais faire une randonnée à Louis Trichardt, la ville voisine.

— Mais vous aimez la campagne, n'est-ce pas ? demanda Nicole un peu distraitement.

Elle pensait à Hans Sorensen. Comment avait-il réagi quand Vanessa avait décidé d'épouser son frère ? Il était très fier, elle en était persuadée. Denise Graeme servait de remplaçante à sa sœur aînée ; elle était agitée, tourmentée car elle soupçonnait la vérité et tentait même d'éveiller les sentiments de Hans afin qu'il ne la considère plus comme la petite sœur de Vanessa mais comme une femme. Voilà peut-être pourquoi elle était allée à la fête à Johannesburg en compagnie de Todd Baxter.

Denise. Mais bien sûr, voilà celle que lui rappelait le petit visage de Mélanie. Les cheveux n'étaient pas de la même couleur, les yeux de l'enfant étaient gris et non fauves, mais les traits étaient semblables. Denise était donc la tante qu'avait mentionnée Mélanie.

— Oh oui ! Traugott et moi sommes très heureux ici, disait Ellen, interrompant ainsi la rêverie de la jeune femme. Tant que nous pouvons nous rendre à Pretoria et à Johannesburg de temps à autre ! Hans veut absolument que nous restions ici si jamais il se mariait ; nous n'avons donc aucun souci quant à notre avenir. Mon mari exploitait une plantation d'agrumes dans l'est du Transvaal mais l'a vendue à sa retraite car Ilse et son mari Peter n'en voulaient pas. Ilse est notre fille, notre seule enfant. Tous deux habitent Messina ; c'est tout près. Ils viennent très souvent en week-end. Cela me permet de voir mes chers petits-enfants. Ilse et Peter ont fait connaissance à Messina. Ma fille travaillait aux douanes ; quant à son mari, il est ingénieur minier.

— Messina est célèbre pour ses mines de cuivre, n'est-ce pas ?

— C'est exact. Le nom Messina est une déformation du mot *musina*, c'est-à-dire cuivre, expliqua Mme Sorensen.

— C'est vrai ? J'ai toujours cru que cela venait de Messine en Sicile, avoua la jeune femme.

Quand elle se retrouva seule, Nicole prit une douche dans la salle de bains jaune attenante à sa chambre, avant de défaire ses valises. Elle mit du temps à choisir ses vêtements et en fut étonnée, elle qui ne s'habillait habituellement qu'en fonction du confort et de la propreté. Mais ce soir, elle tenait à être à son avantage. Elle opta pour une jupe à plis de couleur crème et un chemisier vert jade. Pour compléter l'ensemble, un collier de jade faisait ressortir la minceur de son cou hâlé. Elle portait en réalité peu de bijoux, ne supportant ni bagues ni bracelets qui l'encombraient. C'est pour cela qu'elle retirait toujours sa montre pour peindre.

Elle mit un soupçon de rose à ses joues et appliqua un vernis incolore à ses ongles. Si seulement Hans Sorensen pouvait l'oublier telle qu'il l'avait vue la semaine précédente... Mais c'était peine perdue, elle le savait bien. Car ce n'était pas seulement son aspect physique qui avait indisposé Hans Sorensen, c'était surtout la scène dont il avait été témoin. Et elle ne pouvait lui expliquer son attitude sans nuire aux relations entre les deux fiancés.

Nicole se mit à se brosser les cheveux énergiquement. Les relations entre cet homme et elle-même avaient démarré d'un mauvais pied. Hans Sorensen serait encore plus froid envers elle s'il apprenait qu'Ellen lui avait dévoilé une partie de sa vie privée, son aventure avec Vanessa, le mariage de Vanessa avec Karl, les problèmes avec Denise Graeme. C'était tout de même étrange, songeait Nicole ; Hans Sorensen semblait plutôt homme à être gagnant dans la vie. Comment donc avait été son frère ?

La jeune femme se sentit déprimée tout à coup. Non, son séjour ne serait pas des plus roses mais elle tâcherait d'en tirer le meilleur parti possible. Son père lui avait suggéré de ne pas se hâter et elle était déterminée à suivre son conseil. Ce serait aller à l'encontre des principes dont il l'avait imprégnée que de faire une œuvre bâclée. Elle souhaita néanmoins que son travail ne lui demandât pas trop de temps.

Nicole, ses cheveux soyeux entourant sa tête d'une auréole rousse, se rendit au salon. Sarah l'y attendait pour l'avertir que la famille était sur la véranda devant la maison.

Ils y étaient tous, y compris Mélanie qui avait remplacé son blue-jean par une jolie robe rose.

— Vous voilà ! fit Ellen Sorensen d'un ton ravi. Nous nous asseyons toujours ici pour prendre l'apéritif avant le dîner pendant l'été. Vous êtes ravissante, Miss Prenn.

— Vous êtes ravissante, Miss Prenn, railla Hans à voix basse tandis qu'il lui présentait une chaise. Quel personnage jouons-nous ce soir ? La femme jeune, élégante mais réservée, peut-être ? Celle qui ne boit qu'un xérès ?

— Je ne joue pas un personnage, monsieur Sorensen, rétorqua Nicole sur le même ton. Toute pour tous, vous vous souvenez ? Et je prends toujours un gin-tonic.

— Un gin-tonic pour Miss Prenn, alors, répliqua-t-il sans broncher avec une lueur d'amusement dans ses yeux gris.

— De quoi parlez-vous ? demanda Mélanie d'un air narquois. Elle ne s'appelle pas Miss Prenn, tante Ellen... mais Nicole Prenn. Elle me l'a dit. Nous ne sommes pas obligés de l'appeler Miss, n'est-ce pas ?

Nicole se mit à rire et s'assit sur sa chaise.

— Je serais ravie que vous m'appeliez Nicole.

— Tant mieux, fit Ellen. Je n'aime pas les cérémonies entre les gens qui habitent la même maison. Appelez-moi Ellen. Vous devrez également appeler les hommes par leur prénom car il y a deux messieurs Sorensen et cela peut porter à confusion.

Nicole rosit. Elle refusait d'appeler Hans Sorensen par son prénom et la dignité de Traugott Sorensen exigeait qu'elle le traitât avec plus de politesse.

Mélanie se leva et s'approcha de Nicole. Après l'avoir regardée pendant un moment, elle demanda :

— Voulaient-ils de vous ?

Nicole prit le verre que lui tendait Hans et se retourna vers l'enfant.

— Ils voulaient quelqu'un, expliqua-t-elle, et comme je peins, j'espère que je ferai l'affaire.

— Je l'espère, moi aussi, dit le vieillard. N'avez-vous jamais fait de portraits ?

— Si, aux Beaux-Arts et depuis, j'en ai fait quelques-uns. Mais je n'ai jamais accepté de commande auparavant.

— Votre père semble convaincu que vous êtes en mesure de le faire, souligna Hans. Sinon il n'aurait pas accepté.

C'était vrai. Jamais Robert Prenn n'aurait accepté de commande en son nom ou au nom de sa fille sans être absolument certain que tout serait entrepris pour obtenir de bons résultats, même si le produit fini ne s'avérait pas une réussite. Pour Robert Prenn, comme pour Nicole, l'effort comptait plus que le résultat.

— Je vais faire tout mon possible pour vous donner satisfaction, monsieur Sorensen, promit Nicole.

— Merci, fit Traugott Sorensen simplement. J'ai toujours désiré avoir un portrait de moi-même.

Ce n'était pas par vanité que le vieillard désirait un portrait de lui-même. Nicole s'en rendit compte aussitôt qu'ils pénétrèrent dans la grande salle à manger. Sur deux murs étaient accrochés les portraits d'hommes aux yeux bleus. Nicole en compta neuf. Tous les frères, sauf Traugott, le benjamin. Lequel d'entre eux était le père de Hans, se demanda-t-elle ? Les tableaux étaient de différents formats ; quelques-uns représentaient de jeunes hommes, d'autres des hommes d'âge mûr. Si Nicole réussissait la tâche qu'on lui avait confiée, le portrait de Traugott figurerait un jour dans la salle à manger.

— Vous comprenez maintenant pourquoi Traugott veut absolument qu'on le peigne, fit Ellen en souriant. Nous ne voyons plus très souvent les enfants des huit premiers frères ; ils habitent tous la ville et sont disséminés à travers l'Afrique du Sud. Seuls Einer et Traugott sont devenus fermiers. Voici Einer... le père de Hans, ajouta-t-elle en montrant du doigt le portrait d'un homme mince, au teint clair. Hans a le teint de sa mère, mais son frère Karl était blond. Il a aussi les yeux de Grace, d'ailleurs.

Nicole se tourna vers Hans. Elle était assise entre lui et Mélanie. Saisissant son regard, il lui sourit froidement :

— Ellen vous a raconté en long et en large l'histoire de la famille, j'imagine ?

— Pas tout à fait, répliqua-t-elle. De quelle nationalité était votre mère ?

— Anglaise. Elle était, comme Ellen, une descendante des colons anglais qui se sont établis ici en 1820, la renseigna-t-il sans daigner la regarder davantage.

Sarah, tout en faisant le service à table, informa Nicole que sa petite chatte était très heureuse à la cuisine. L'excellent repas débuta par une entrée de poisson cru.

— Est-ce vous qui faites la cuisine ? demanda Nicole à Ellen Sorensen.

— Sarah et moi nous partageons la tâche. C'est complètement faux de soutenir que deux femmes ne peuvent travailler dans la même cuisine. Nous fonctionnons très bien ensemble. Sarah est beaucoup plus pratique que moi, par exemple. L'autre jour, quand j'ai cassé mon sablier préféré, j'ai pleuré comme une Madeleine. Sarah croyait que j'étais folle parce que, de toute façon, je ne m'en servais jamais. Mais on s'attache aux objets ; c'était un cadeau de noces que m'avait offert l'une de mes cousines il y a trente-six ans.

Sur ce, Mélanie déclara solennellement :

— Moi aussi, j'ai hérité des yeux gris de ma grand-mère Grace, n'est-ce pas, oncle Hans ?

— Oui, ma chérie, assura-t-il.

Nicole, étonnée, vit pour la première fois de la douceur transparaître dans le visage arrogant. Elle se tourna vers l'enfant assise à sa gauche. Ses yeux étaient plus foncés que ceux de Hans. Mais celui-ci ne voyait que le bel ovale des Graeme, le visage de Vanessa dans celui de sa fille et dans celui de sa jeune sœur Denise. Denise qui remplacerait la femme aimée.

Hans parla peu pendant le repas ; Mélanie l'imita. Ellen Sorensen, ravie d'avoir une invitée à table, fit, avec son mari, les frais de la conversation.

Traugott demanda à la jeune femme des renseignements sur sa peinture, sur sa formation aux Beaux-Arts.

— Je n'ai jamais compris pourquoi, dit Ellen, vous les artistes êtes si agressifs envers les gens qui disent ne rien connaître à l'Art mais apprécient tout de même certaines œuvres. Pourtant, cela me semble bien sensé.

— Très sensé, même, fit Nicole en riant. Après tout,

au moins ces personnes témoignent d'un certain goût, ont des préférences. C'est beaucoup plus valable que d'y être complètement indifférent.

— Ne lui donnez pas trop raison, Miss Prenn, lança Traugott ; sinon elle se prendra pour une critique d'Art.

Ellen se tourna vers Nicole en riant.

— Comme vous le voyez, à notre âge, nous pouvons nous permettre d'être un peu brusques l'un envers l'autre tout en gardant notre bonne humeur.

— Cela me plaît, remarqua Nicole, car cela implique une certaine forme d'honnêteté.

Hans lui jeta un coup d'œil appréciateur.

— Vous admirez l'honnêteté dans le mariage ? demanda-t-il, incrédule.

Nicole, s'apercevant de l'allusion, devint cramoisie. Il pensait évidemment au ménage Baxter.

— Oui, acquiesça-t-elle toutefois.

— Vraiment ? insista-t-il ironiquement.

Nicole était consciente des regards curieux que leur jetaient Ellen et Traugott ; elle fut soulagée quand Mélanie annonça que c'était l'heure de son bain.

Les adultes prirent le café au salon et Nicole put y admirer à loisir les innombrables œuvres d'art.

— Où peindrez-vous mon mari ? Ici ? demanda Ellen.

— Oh ! Vous tenez à ce que ce soit à l'intérieur ? demanda-t-elle, déçue. Je croyais que... que ce serait mieux à l'extérieur.

— Pour mettre plus d'emphase sur le paysage que sur moi ? la taquina Traugott.

— Non, oh non, protesta Nicole, soudain gênée. Je croyais,enfin... à mon avis, vous appartenez à la terre. Ou du moins, voilà comment je vous perçois.

Le vieillard parut flatté.

— Ce sera à l'extérieur, dans ce cas. Demain, vous pourrez faire le tour de la propriété et choisir le cadre qui vous plaira.

— C'est bien, acquiesça Nicole. Nous déciderons d'une heure fixe pour que la lumière soit la même chaque jour. Comment désirez-vous votre portrait ? En pied, comme celui de votre frère Einer ? J'ai apporté une toile de cette grandeur. En fait, comme je ne connaissais pas vos préférences, j'en ai apporté tout un assortiment.

— Je vous laisse le choix, fit Traugott. Vous le savez mieux que moi.

— J'en doute, monsieur Sorensen, dit la jeune femme en riant. On aurait dû faire votre portrait dans votre plantation d'agrumes, là où vous avez toujours vécu.

— Je n'y pensais pas à cette époque, avoua Traugott.

Mélanie revint, toute fraîche et pimpante dans son pyjama et son peignoir. Elle souhaita une bonne nuit à Ellen et Traugott, sans un baiser, sans un sourire. Souriait-elle parfois ? se demanda Nicole.

— Bonne nuit, Nicole, dit-elle avec gravité.

— Bonne nuit, Mélanie.

— Viens me border, oncle Hans, demanda la fillette.

Il se leva avec une aisance étonnante pour un homme de sa taille.

— Allons-y, fit-il en posant sa main sur la tête de l'enfant.

Mélanie serait le talon d'Achille de ce colosse, pensa Nicole. Mélanie, qui ressemblait à sa mère...

— J'aime bien quand tu ne vas pas chez tante Denise le soir. Tu peux alors venir me border, lui avoua la fillette alors qu'ils quittaient tous les deux la pièce.

— Elle est si sage, si sérieuse, souligna Traugott en les suivant des yeux.

— Comme je souhaite qu'elle apprenne à rire, soupira Ellen. Nicole, si vous avez terminé votre café, peut-être aimeriez-vous rendre visite à votre chaton à la cuisine.

— Avec plaisir, fit la jeune fille en se levant aussitôt.

Ellen la conduisit à la cuisine qui avait gardé tout son charme campagnard malgré ses appareils ménagers modernes. Dans une corbeille dormait le chaton noir. Nicole s'accroupit pour l'admirer à son aise.

— Elle sera heureuse ici. Les chats, s'ils doivent cohabiter, sont très tolérants les uns envers les autres. Notre Sylvestre est un animal charmant, poursuivit Ellen, en caressant un siamois qui ronronnait paisiblement sur une chaise. Les deux autres sont de vrais chats de la campagne ; ils ne vivent que la nuit. Ils rentrent au petit matin et dorment toute la journée. Sylvestre, lui, aime la compagnie.

— Vous avez un chien, également.

— Oui, un labrador noir. Il est très probablement sur la véranda. Il y est toujours à cette heure-ci. Officiellement, il s'appelle Annibal. Comme Mélanie insistait pour l'appeler Anon car il ressemblait à un âne, nous avons trouvé un compromis avec Annibal. Le pauvre animal répond au nom d'Anon, inutile de le souligner.

— C'est adorable, admit Nicole en riant.

Elle se releva tout en étouffant un bâillement.

— Vous êtes sûrement fatiguée après ce long trajet et avec le changement d'air. Aimeriez-vous vous retirer dans votre chambre ?

— S'il vous plaît, fit Nicole. Je me sens lasse tout à coup.

Etait-ce réellement l'épuisement du voyage, se demanda-t-elle ? Ou n'était-ce pas plutôt l'attitude de Hans Sorensen ?

— Avez-vous besoin de quoi que ce soit avant d'aller au lit ? s'enquit Ellen avec sollicitude. Une boisson fraîche ou un livre ?

— J'aimerais bien un livre pour lire au lit avant de m'endormir bien que je ne pense pas faire long feu ce soir.

— Venez à la bibliothèque. Par ici, continua Ellen en

traversant le salon. Je vous laisse fureter à votre aise termina-t-elle en ouvrant de grandes portes.

Nicole la remercia et regarda autour d'elle, impressionnée. Tous les murs étaient couverts de livres et deux escabeaux permettaient d'atteindre les étagères les plus élevées. Elle avait le choix entre un vaste assortiment d'ouvrages de tous les genres et ce en plusieurs langues.

— Puis-je vous aider ?

Une voix polie... trop polie... froide comme ce pays du nord d'où avait émigré son grand-père pour apporter la parole de Dieu dans un pays jeune. Nicole se retourna vers Hans Sorensen.

— Non, je vous remercie, fit-elle poliment, la tête haute.

Il dégageait une puissance telle, qu'en sa présence elle avait l'impression d'être une gamine insignifiante. Et cette sensation agaçait la jeune femme.

— Combien de temps mettrez-vous pour peindre le portrait de Traugott, Miss Prenn ? demanda-t-il brusquement.

— Comme je n'ai jamais entrepris une telle tâche, je ne puis rien vous assurer, monsieur Sorensen. Je comprends à quel point vous avez hâte d'être libéré de ma présence... et, croyez-moi, j'éprouve le même sentiment... mais je n'ai nullement l'intention de faire un travail bâclé sous prétexte que je suis pressée de partir.

Hans Sorensen, ses yeux gris mi-clos, sourit lentement.

— Vous n'attendez pas qu'on vous assaille, n'est-ce pas ? Vous passez à l'attaque en premier. Pourquoi ? A votre avis, est-ce le meilleur système de défense ?

— Pourquoi sentirais-je le besoin de me défendre ? riposta-t-elle du tac au tac.

— Pourquoi ? C'est à vous de me le dire... Nicole.

La jeune femme triturait son collier de jade. Pourquoi se sentait-elle si nerveuse ? Après tout, elle était Nicole

Prenn, vingt-trois ans, beaucoup d'amis à Johannesburg, un père célèbre, un métier passionnant. Pourquoi se sentait-elle si nerveuse ? Elle était majeure, sûre d'elle et pourtant elle se sentait ce soir exactement comme autrefois au Natal quand Mère Francisca lui demandait de se lever et de réciter un théorème auquel elle ne comprenait rien, n'ayant jamais eu la bosse des mathématiques.

— Je n'essayais pas de me défendre, s'efforça-t-elle de répondre gentiment. Je voulais tout simplement vous rassurer. Je ne resterai pas ici plus longtemps que nécessaire. Rien ne saura retarder mon départ, je vous le promets.

— Rien ? Que faites-vous d'Ellen et de Traugott ? souligna-t-il d'un ton moqueur. Ils sont ravis d'avoir fait la connaissance d'une jeune et jolie artiste qui apporte du nouveau dans leur existence monotone.

— S'ils savaient seulement qui je suis réellement, railla Nicole d'un ton amer.

— Vous êtes persuadée que je vous blâme. Pourquoi ?

— Vous me blâmez, en effet.

— Jamais je n'ai fait une chose semblable. Menez votre vie comme vous l'entendez, Nicole Prenn. Ce n'est pas mon affaire, Dieu merci. Vous vous rendez compte, j'espère, à quel point cela serait facile d'abuser d'Ellen et de Traugott ?

— Ce qui ne manquera pas de se produire, évidemment, étant donné ma personnalité, rétorqua-t-elle d'un ton ironique.

Hans se tut un instant et examina la jeune femme avec attention. Elle lui rendit son regard sans broncher, une lueur de défi dans ses yeux noisette.

— Si vous avez l'intention de travailler comme une forcenée pour quitter cet endroit au plus vite, vous n'aurez pas beaucoup le loisir de voir Baxter.

— Si j'en ai vraiment envie, je trouverai bien le temps, rétorqua-t-elle.

— Et vous en avez envie ? s'enquit-il doucement.

Elle frissonna en percevant une menace dans sa voix. Elle eut envie, l'espace d'un moment, de lui raconter le petit complot de la Saint-Sylvestre. Mais, en réalité, était-ce bien nécessaire ? Cela ne ferait qu'envenimer les rapports entre Hans et Denise Graeme. Elle devait absolument se taire ; un mariage était en jeu et Denise s'était sûrement rendu compte du danger qu'avaient encouru ses fiançailles à cause de son comportement... Tandis que pour Nicole, cela ne représentait que quelques semaines peut-être de désagrément.

Elle pouvait également adopter une autre stratégie.

— Si je tiens à voir Todd ? Pas particulièrement, monsieur Sorensen. Il n'est rien pour moi. Mon attitude envers lui n'est plus la même qu'elle l'était la semaine dernière.

Et c'était bien vrai. Plus elle pensait à Todd, moins elle l'aimait.

— Ce fut de courte durée, si je comprends bien, observa Hans Sorensen. Comment vous êtes-vous débrouillée ? Une brève aventure de vacances ? Ou une aventure entre deux tableaux ?

— Qu'avez-vous à redire ? s'exclama-t-elle. C'est toujours mieux qu'une relation permanente qui risque de briser un mariage à tout jamais !

— Beaucoup mieux, acquiesça-t-il. Donc, vous prenez vraiment des amants pour vous divertir entre deux tableaux ?

— C'est vous qui l'affirmez, rétorqua-t-elle.

Jamais elle n'avait senti le besoin d'établir de telles relations avec un homme. Sa peinture, les amourettes sans lendemain lui suffisaient. Jamais non plus elle n'avait rencontré un homme qui eût pu assujettir son esprit indépendant.

Hans s'approcha d'elle. Nicole sentit sa poitrine se

soulever à un rythme plus rapide. Les yeux gris métallique l'examinaient avec soin tandis qu'un sourire amusé indiquait que Hans était conscient de l'émoi de la jeune femme.

— Vous m'intriguez, Nicole Prenn, avec vos volte-face et votre accent du Natal...

— Au sujet de l'accent, j'espère que vous avez tort, répliqua-t-elle d'une voix oppressée. On m'a dit que les gens originaires du Natal parlaient beaucoup trop fort.

— C'est faux, dit-il en parcourant des yeux le cou de la jeune femme, ses épaules, sa gorge.

Nicole se sentit rougir sous l'examen.

— La diction est parfaite, poursuivit-il, l'intonation claire. Vous ne parlez pas trop fort mais je suis persuadé que vous en êtes capable si vous vous mettez en colère.

— Vous en serez peut-être témoin, répliqua-t-elle. Jusqu'ici, je me suis contrôlée.

— Je m'en fais une fête! rétorqua-t-il. Etes-vous originaire du Natal?

— Non, fit-elle en secouant la tête. J'y ai été élevée par les parents de ma mère mais je suis née au Transvaal.

— Votre père est veuf, m'a-t-il dit. Qu'est-il arrivé à votre mère?

— Dans un pays où le taux d'accidents de la route est l'un des plus élevés du monde, c'est une question qui ne se pose pas. Elle est morte dans un accident de voiture.

— Je suis désolé.

Puis, après un moment de silence :

— Karl et Vanessa aussi sont morts dans un accident de la route.

Elle aurait voulu lui offrir ses condoléances mais elle ne discerna aucune douleur sur son visage. Pourtant, Vanessa avait épousé son frère, était morte avec lui et Hans Sorensen l'avait aimée...

Un Sorensen n'accepterait jamais de témoignage de

pitié, surtout venant d'une étrangère. Aussi changea-t-elle habilement de sujet.

— J'ai eu une enfance très heureuse chez mes grands-parents au Natal.

Il lui jeta un regard bref comme s'il avait deviné sa tactique.

— Vous avez de la chance, fit-il d'une voix ironique. Leçons d'équitation ? De piano ? Les petites camarades qui vous enviaient votre père célèbre ?

— Sans oublier le couvent sélect et les compliments à la petite fille talentueuse qui marchait sur les traces de son père, ajouta Nicole.

Hans Sorensen sourit brusquement, laissant paraître des dents très blanches contre sa peau mate.

— Et l'espoir que le succès ne vous monterait pas à la tête, termina-t-il. Un couvent... vous êtes catholique ?

— Anglicane. Mais je crois que, dans ma vie, je suis allée aussi souvent à la messe qu'au service anglican. D'après papa, la religion doit demeurer quelque chose de très personnel. Le couvent était tout près et c'était la religion de ma mère.

Hans se mit de nouveau à dévisager la jeune femme. Celle-ci, confuse, choisit à la hâte un recueil de nouvelles de Maupassant sur une étagère.

— Bonne nuit, monsieur Sorensen, dit-elle, et avec la grâce un peu gauche qui lui était particulière, elle s'enfuit de la bibliothèque.

3

Le lendemain matin, Nicole fut réveillée un peu avant sept heures par Sarah qui lui apportait son thé. Et moins d'une demi-heure plus tard, elle sortait de sa chambre, vêtue d'un pantalon clair et d'un chemisier léger de couleur jaune. La jeune femme n'avait pas l'habitude de se lever si tôt sauf quand elle avait besoin d'une certaine lumière du jour pour peindre. Elle se sentait toutefois fraîche et dispose, peut-être parce qu'elle s'était mise au lit si tôt la veille, pensa-t-elle en traversant le hall.

Mélanie, en blue jean, y était déjà. Assise à côté du téléphone, elle composait lentement un numéro sur le cadran.

— Le petit déjeuner est servi, fit l'enfant sans répondre au bonjour de Nicole. Ils sont sur la véranda.

— Merci, répondit la jeune femme avec la même gravité.

— Allez-vous peindre oncle Traugott aujourd'hui ?

— Je ne sais pas si je débuterai dès ce matin, dit Nicole avec un sourire. Nous devons d'abord choisir l'endroit où auront lieu les séances de pose ; il me faut donc faire le tour de la ferme pour trouver le site idéal.

Mélanie réfléchit un moment.

— Sous l'éolienne, décida la fillette. Ce serait le meilleur endroit.

— Vous croyez ? demanda Nicole.

Mélanie haussa les épaules.

— Je ne sais pas. Pourquoi ? Vous êtes incapable de peindre une éolienne ? Moi, je peux. J'en ai dessiné une à l'école. Il y a la digue aussi. Peut-être oncle Traugott aimerait-il voir la digue figurer derrière lui ?

— Je lui demanderai, fit Nicole en s'apprêtant à quitter l'enfant. Avez-vous pris votre petit déjeuner ?

— Non, fit Mélanie en secouant la tête. J'arrive dans un instant. Je dois d'abord téléphoner à une amie, ajouta-t-elle d'un ton important.

Nicole sourit et se dirigea vers la véranda, laissant la fillette au regard grave composer son numéro.

Ellen Sorensen et les deux hommes étaient à table sur la véranda ensoleillée.

— Bonjour, Nicole, fit Ellen joyeusement. J'espère que ce n'est pas trop tôt pour vous. Les hommes ont déjà fait leur inspection de la ferme ce matin. Ils la font toujours avant le petit déjeuner. Hans, lui, repart dans un instant.

— Cela réjouira le cœur de Miss Prenn... si elle en a un, dit Hans, un sourire indéchiffrable aux lèvres tout en regardant la jeune femme d'un air appréciateur.

Celle-ci, mal à l'aise, restait debout à côté de la table recouverte d'une jolie nappe rouge et blanche.

— Quelle remarque affreuse ! reprocha Ellen. Comme si elle n'avait pas de cœur ! Nicole a beaucoup de cœur, au contraire ; c'est une jeune femme sensible, cela saute aux yeux.

— Je me le demande, observa Hans. Si elle a un cœur, il est tout dédié à ses pinceaux et à ses tubes de peinture à l'huile. Les amourettes passent en second lieu pour elle... quand elle n'a plus rien à peindre !

— Après mon séjour ici, je me demande si j'aurai même envie d'en avoir... des amourettes, rétorqua Nicole. Les hommes commencent à m'en faire passer l'envie.

— C'est dommage ; mais, en réalité, ne serait-ce pas

un mal pour un bien ? Rien ne pourrait alors vous distraire de votre peinture, renchérit Hans.

— Exactement comme Ilse et Peter, ces deux-là, fit Traugott Sorensen en riant. N'est-ce pas, ma chérie ? ajouta-t-il en s'adressant à sa femme.

— Pas du tout, répondit Hans. Asseyez-vous, Miss Prenn, je vous en prie. J'ai horreur des femmes indécises.

Nicole prit aussitôt place à table.

— Je ne suis pas indécise, protesta-t-elle avec indignation.

— Si, vous l'êtes, répliqua Hans. Traugott, montrerez-vous la ferme à Miss Prenn afin qu'elle choisisse l'endroit où elle désire vous peindre ?

— Oui, nous irons après le petit déjeuner, si cela vous convient, Nicole, fit le vieillard.

— Avec plaisir, dit-elle en souriant. Tout ce que j'ai vu de cette région jusqu'à présent m'a semblé incroyablement beau.

— Est-ce votre première visite dans le Soutpansberg ? s'enquit Hans.

— Oui, acquiesça la jeune femme. Je ne connais pas très bien le Transvaal, je vous l'avoue. Je connais les montagnes du Magaliesberg et j'ai déjà passé un mois à peindre la région de Pilgrims' Rest. C'est à peu près tout.

— Vous avez surtout travaillé au Natal, je crois ?

La jeune femme opina de la tête, étonnée que Hans Sorensen fût au courant. Les joues roses d'émotion, elle demanda précipitamment :

— Pourquoi cette région porte-t-elle le nom de Soutpansberg ?

— Car on y a découvert des marais salants. C'est la signification de ce nom en afrikaans, répondit-il comme Mélanie arrivait sur la véranda.

— Oncle Hans, je vais à Louis Trichardt cet après-midi, l'informa l'enfant avec un air sérieux en prenant place à table.

— Tu dois d'abord en parler à ta tante Ellen, dit-il avec la même douceur qu'il employait toujours pour s'adresser à sa nièce. Elle ne pourra peut-être pas t'y conduire.

— Tu vas m'amener, je t'en prie, Tante Ellen? demanda Mélanie poliment en entamant sa tranche de pawpaw.

— Oui, ma chérie, fit Ellen Sorensen.

— N'oubliez pas, Ellen, que madame Graem l'attend ce matin, rappela Hans en se levant. Mélanie, je ne veux pas que tu te promènes seule jusqu'à nouvel avis. Van Zyl a téléphoné ce matin ; un de leurs chiens a disparu et l'on croit qu'il a la rage.

— D'ac, fit Mélanie calmement en continuant de manger.

— Promis ?

— Promis, dit la fillette d'un ton obéissant en levant son regard vers son oncle.

Et pendant un moment, les yeux de l'homme et de l'enfant se rencontrèrent avec compréhension.

— L'avertissement vaut pour vous aussi, Miss Prenn, fit Hans en se levant de table.

— C'est bien, répondit Nicole avec soumission.

— On cherche le chien ce matin, continua Hans en s'adressant cette fois-ci à Traugott. Veuillez m'excuser, s'il vous plaît.

Traugott accompagna Nicole et lui fit les honneurs de la ferme. C'était une propriété superbe. Çà et là, des collines... des rochers... des bocages mystérieux... des eucalyptus... un troupeau de moutons broutant paisiblement sur une colline verdoyante sous l'œil vigilant d'un petit berger africain. Au loin, les montagnes bleues.

Tout près, l'éolienne surplombant la digue. Nicole rapporta au vieillard la suggestion de Mélanie de le peindre à cet endroit. Ce dernier rit de bon cœur.

C'est sur une colline dominant la maison qu'ils prirent enfin leur décision. Nicole regardait la propriété qui s'étalait sous leurs yeux ; elle ne pouvait détacher son regard de Hans Sorensen s'adressant à un groupe d'ouvriers agricoles près de l'une des plantations d'avocatiers. Il semblait à l'aise parmi eux, mais l'on devinait que c'était lui le propriétaire de la terre. Un homme fier, un homme que jamais personne ne pourrait humilier... L'homme dont elle avait encouru le blâme, pensa-t-elle avec un soupir. Quand le dieu se met en colère, la terre tremble. Mais... non ! oh, non ! la jeune femme, la bouche tremblante, était, en regardant Hans Sorensen, sous l'effet d'une émotion si forte qu'elle crut son âme possédée par quelque esprit inconnu.

Elle secoua la tête, tourna les yeux vers la montagne, puis vers le vieillard à ses côtés.

— Montez-vous parfois là-haut ? demanda-t-elle en pointant du doigt les hauts sommets ensoleillés, couverts de rochers et de taillis.

— Très souvent, répondit Traugott. Mélanie aime bien qu'on l'y emmène afin de voir l'autre versant.

— Et qu'y voit-on ?

— Le veld, des rochers, des collines. Ce n'est pas cultivé de l'autre côté.

— C'est une ferme fascinante, remarqua Nicole en repoussant ses cheveux châtain roux. Et les moutons ? Est-ce pour la viande seulement ?

— Oui, c'est un tout petit troupeau, répondit le vieillard.

Une fois qu'ils eurent décidé de l'endroit idéal, le jardinier qui soignait les jardins et les pelouses entourant la maison vint leur porter le chevalet et la toile. Traugott et Nicole discutèrent tous deux de ce que porterait le vieillard pour les séances de pose et optèrent pour des vêtements de travail, vu, qu'après tout, ce serait le portrait d'un fermier. Nicole lui fit prendre des poses diverses, l'étudia sous des angles différents jusqu'à ce qu'elle fût satisfaite. Elle fit quelques esquisses qu'elle pourrait ensuite étudier à loisir. Les séances de pose auraient lieu le matin.

La jeune femme souhaitait que Traugott ne se fatiguât pas trop rapidement. Il était âgé et il faisait une chaleur torride qui sapait toute énergie.

— Quel est cet immeuble, là-bas ? demanda Nicole comme ils revenaient à la maison un peu plus tard. On le dirait inutilisé, souligna-t-elle en pointant son doigt vers une bâtisse toute neuve.

— Ce sera utilisé bientôt, confirma Traugott. Hans veut avoir son propre troupeau de vaches pour subvenir à nos besoins en laitages. Tout comme ses moutons nous fournissent presque toute notre viande. C'est dans cet immeuble qu'il logera ses vaches. Mais il n'achètera pas le troupeau tant qu'une famille là-bas, dans la vallée, continuera d'avoir besoin de l'argent que nous leur versons en échange. Cette famille arrive à peine à joindre les deux bouts. Au début, Hans voulait quand même se procurer le troupeau et continuer d'acheter le lait chez eux ; mais il a changé d'avis car ces personnes se seraient rendu compte qu'on leur faisait la charité.

Nicole, contrariée par ce récit, demeura silencieuse. Elle n'aimait pas l'étrange Hans Sorensen et n'avait certes pas envie qu'on en dise du bien. Elle était impressionnée, non seulement par sa bonté envers ces gens mais aussi par sa sensibilité car il avait su prévoir leurs sentiments. C'était une preuve de générosité, d'altruisme de sa part. Pour Nicole, la bonté était d'or ; c'était la qualité qu'elle admirait le plus.

Une fois à la maison, Ellen leur offrit un café.

— Avez-vous décidé d'un endroit ? demanda-t-elle.

Traugott opina de la tête.

— Là-haut, près des frênes surplombant la plantation. Vous voyez ?

— Oui. J'aimerais bien vous voir à l'œuvre, Nicole,

fit Ellen. Ou êtes-vous comme ces artistes qui préfèrent travailler seuls ?

— Pas du tout, répliqua Nicole en riant. Une fois que je suis plongée dans mon travail, je ne me rends plus compte de rien. Par contre, comme c'est un portrait, je réagirai peut-être différemment. Oh ! monsieur Sorensen ! Comme je souhaite réussir !

— Faites tout votre possible, c'est tout ce que je vous demande, dit-il en lui souriant. Vous serez payée quels que soient les résultats ; ne vous inquiétez pas. Après tout, vous y aurez mis du temps. Hans a-t-il discuté des conditions avec votre père à Johannesburg ?

Nicole secoua la tête d'un air distrait.

— Oh ! ce n'est pas l'argent qui me préoccupe. Mais si c'était un échec, je me sentirais si honteuse... je regretterais d'avoir accepté cette commande.

— Il y a toujours une première tentative dans la vie, la rassura Ellen. Nicole, aimeriez-vous explorer le Soutpansberg pendant votre séjour ? J'aurais besoin de votre aide. Auriez-vous l'obligeance d'aller conduire Mélanie à la ferme des Graeme ce matin ? Vous avez une voiture, c'est tout près et le parcours est agréable. Mélanie ne reste jamais très longtemps car madame Graeme se fatigue vite. C'est dommage, car elle est encore jeune, plus jeune que moi. Le décès de Vanessa et les problèmes que lui cause Denise sont à l'origine de son état de santé. Mélanie vous indiquera le chemin.

— Avec plaisir, fit Nicole, contente d'avoir l'occasion de faire un peu de tourisme.

La jeune femme et Mélanie partirent quelques minutes plus tard dans la Volkswagen. La fillette avait accueilli la nouvelle avec son calme habituel. Rien ne semblait la bouleverser... tout comme rien ne réussissait à la faire sourire.

Nicole se demanda si elle rencontrerait Denise chez les Graeme.

Tout en suivant une petite route dans la montagne, la jeune femme demanda à l'enfant :

— Rendez-vous souvent visite à votre grand-mère ?

— Chaque semaine. Il le faut, me dit mon oncle Hans. Parfois, c'est agréable, parfois je n'ai qu'une envie, celle de rentrer à la maison. Je préfère de beaucoup rendre visite à mes amis.

— Avez-vous beaucoup d'amis ?

— Quelques-uns. Oncle Hans est mon meilleur ami. Mais parfois, je ne veux voir personne. Je me sens toute vide en dedans.

Etait-elle une enfant solitaire ? se demanda Nicole.

— Mais vous avez besoin des gens, non ?

— Parfois, fit Mélanie sur ses gardes en lui jetant un regard de biais. Quand je me sens toute vide depuis trop longtemps.

Une enfant solitaire... vide, comme elle le disait elle-même dans son langage enfantin. Cela datait-il de la tragédie qui avait bouleversé son enfance ? Du décès de ses parents ?

— Que produit votre grand-père ? Des avocats, lui aussi ? s'enquit Nicole.

— Non, des bananes, surtout, répondit Mélanie. Cela vous plaît, ici ? demanda-t-elle brusquement.

— Le pays est superbe.

— Mais que pensez-vous de nous tous ? Les gens de la famille ? Je croyais qu'ils ne voulaient pas de vous mais je me suis trompée.

Traugott et Ellen voulaient bien d'elle, pensa Nicole, mais Hans, lui, n'en voulait pas ; c'était évident.

— Je ne vous connais pas beaucoup encore mais je vous aime bien. Vous êtes tous des gens intéressants.

Elle aimait beaucoup Traugott et sa femme, Mélanie l'intriguait... Quant à Hans...

— A votre avis, avons-nous de la chance d'habiter ici ?

— Oh, oui ! s'exclama Nicole avec un sourire.

— Je suis d'accord avec vous, fit la fillette. Quand j'étais petite, j'habitais Pietersburg. C'est bien ici sauf que mon père et ma mère n'y sont pas, poursuivit-elle d'un ton si calme que Nicole en fut étonnée. Vous habitez Johannesburg, n'est-ce pas ?

Nicole acquiesça et l'enfant poursuivit :

— Nous y allons de temps à autre. La dernière fois que nous y sommes allés, Oncle Hans m'a amenée patiner. C'était au début des vacances de Noël. Il est retourné pour la Saint-Sylvestre. Il n'était pas censé y aller car il y avait une fête à la ferme. La fête a eu lieu quand même mais Oncle Hans n'y était pas. Tante Denise et monsieur Baxter non plus.

— J'imagine que vous vous êtes bien amusée, même s'ils n'y étaient pas.

— Ce n'était pas pareil, répliqua Mélanie avec flegme. Grand-mère a téléphoné à oncle Hans pour l'avertir que tante Denise était partie. Il s'est mis en colère et a dit plein de trucs impolis au sujet de monsieur Baxter. Puis il a pris sa voiture et il est parti. Voulez-vous que je vous répète ce qu'il a dit au sujet de monsieur Baxter ?

— Non, vous feriez mieux de ne pas me le dire, l'avertit Nicole. Votre oncle pourrait se fâcher s'il apprenait que vous me l'avez répété. Je traverse ce carrefour ?

Mélanie acquiesça. Nicole réfléchissait aux paroles de l'enfant. Hans avait dit des grossièretés au sujet de Todd Baxter ; lui reprochait-il uniquement d'avoir amené Denise à la fête ou nourrissait-il envers lui de plus graves soupçons ?

— Mme Baxter est venue à notre fête toute seule. Elle est gentille, continuait la fillette. Et quand oncle Hans est revenu de Johannesburg, il était encore furieux.

La petite comédie de la fête chez Robert Prenn n'avait peut-être pas réussi à effacer tous les soupçons de Hans Sorensen, pensa Nicole. Ou peut-être était-il furieux que Denise eût contrecarré ses plans pour la Saint-Sylvestre.

— Oncle Hans va peut-être épouser ma tante Denise, annonça Mélanie avec gravité. Si rien de mieux ne se présente.

La formulation fit éclater Nicole de rire. Comme si c'était un emploi que cherchait Hans !

— Cela vous plaîrait ?

— Je ne sais pas, fit Mélanie en haussant les épaules. Elle viendrait habiter avec nous, n'est-ce pas ? Cela lui plairait bien. Tante Denise adore notre maison et notre propriété. Voilà pourquoi je trouve cela ridicule de prétendre qu'elle ressemble à ma mère ; maman avait horreur des fermes et de la campagne en général. Tante Denise aime bien notre ferme mais elle n'aime pas celle de grand-père et grand-mère.

Où Mélanie avait-elle appris tous ces détails ? Avait-elle surpris des conversations ? Ou tiré elle-même ses propres conclusions ? D'après elle, Denise ne ressemblait pas du tout à sa mère.

— C'est le prochain sentier, sur notre droite, annonça la fillette.

La ferme des Graeme était de moindre importance que celle des Sorensen ; on n'y voyait pas d'avocatiers mais d'innombrables rangées de bananiers. La maison était également plus petite. Pas plus de quatre chambres à coucher, estima Nicole. C'était tout de même une demeure coquette, entourée d'un joli jardin. Tout était impeccable ; à l'intérieur, pas un grain de poussière et des boiseries bien patinées.

La grand-mère de Mélanie accueillit Nicole avec gentillesse. Elle n'était pas très âgée, à peine cinquante ans ; et pourtant son visage était décharné, ridé, ses cheveux presque tous gris déjà. Elle semblait constamment préoccupée, même quand elle parlait à Mélanie que manifestement elle adorait.

Nicole se sentit un élan de compassion pour

Mme Graeme. Comme ce devait être affreux de perdre sa fille ! La mort de Vanessa n'en rendait Mélanie que plus gracieuse aux yeux de la grand-mère ; la fillette était l'héritage de Vanessa et le premier petit-enfant. Il y en aurait probablement davantage... si Denise donnait des enfants à Hans...

M. Graeme, un homme tranquille, était un peu plus âgé que sa femme ; il vint saluer sa petite-fille. Il lui demanda des détails sur son emploi du temps, et si elle avait hâte de retourner à l'école la semaine suivante après les vacances. Mais il s'excusa presque aussitôt car on avait besoin de lui à la bananeraie.

Une fois qu'il fût parti, Mme Graeme soupira et dit à Nicole :

— Mon mari travaille trop. Nous espérons aller habiter la ville quand il prendra sa retraite dans quelques années. Je suis originaire de Pretoria et bien que je me sois habituée à la vie campagnarde, je me suis toujours ennuyée de la ville. La mère de Mélanie tenait de moi de ce côté-là. De fait, elle était beaucoup plus catégorique. Elle avait horreur de la vie de la ferme et je fus très heureuse quand elle épousa Karl Sorensen car cela signifiait qu'elle irait habiter Pietersburg.

D'après Ellen, c'était pour échapper à la vie de la ferme que Vanessa avait choisi d'épouser Karl même si elle avait eu une aventure avec Hans.

— Evidemment, Vanessa était très jeune lors de son mariage, dit Mme Greame, rêveusement, tout en regardant Mélanie, à califourchon sur un pouf en guise de cheval.

Revoyait-elle sa fille morte dans cette enfant à l'ovale parfait ?

— Elle avait dix-huit ans, poursuivit-elle, l'âge qu'a Denise présentement. Celle-ci est différente... elle n'a pas la même haine pour la campagne. Cela l'ennuie un peu d'habiter si loin de la ville, et je sais pertinemment qu'elle veut partir d'ici ; mais elle serait contente, j'en suis persuadée, d'habiter la ferme de Hans si elle l'épousait. Premièrement, la maison est plus grande. De plus, Hans a les moyens de la choyer, tandis que nous, nous ne les avons pas. Les Sorensen ont toujours gardé des contacts avec la ville. J'aimerais que vous fassiez la connaissance de Denise, Miss. Elle admire énormément le travail de votre père.

Nicole, silencieuse, se demandait si elle devrait avouer avoir déjà rencontré la jeune fille. Hans lui avait demandé de ne pas raconter à Ellen et Traugott l'épisode de la Saint-Sylvestre. La consigne était-elle la même pour tout le monde ? Elle décida de se fier à son instinct.

Denise entra au moment où Nicole et Mélanie s'apprêtaient à partir. Vêtue d'une robe beige, ses cheveux blonds tombant en cascade sur ses épaules, elle était très élégante. Elle ne reconnut pas immédiatement Nicole et son visage demeura impassible tandis que Mme Greame faisait les présentations.

Quand Nicole la salua cependant, la jeune fille la reconnut aussitôt. Ses lèvres s'entrouvrirent et elle faillit s'exclamer. Mais elle recouvra rapidement son flegme :

— Bonjour. Traugott Sorensen est sûrement ravi de vous avoir.

— J'espère qu'il aura la même opinion quand il verra le produit fini ! observa Nicole.

Une deuxième personne pénétrait derrière Denise dans la pièce. C'était Todd Baxter.

— Vous marchez si vite, Denise, que je n'arrive pas à vous rattrapper, fit-il en repoussant une mèche de cheveux qui lui tombait sur le front.

Puis, apercevant la jeune femme :

— Nicole ! Que faites-vous ici ? Je vous croyais à Johannesburg ou en train de peindre dans le Magaliesberg. Vous auriez dû m'avertir de votre présence dans la région.

— Bonjour, Todd, dit Nicole avec indifférence. Je ne

savais pas que votre ferme était située dans le Soutpansberg ; c'est M. Sorensen qui me l'a annoncé hier soir.

— Elle est venue ici pour peindre oncle Traugott, ajouta Mélanie.

— Comme c'est bien que vous vous connaissiez, fit Mme Greame, ravie.

Denise jeta un coup d'œil significatif vers Todd.

— Mais oui, Todd, vous auriez dû me dire que vous connaissiez Nicole Prenn. Vous savez à quel point j'admire le travail de son père.

Todd saisit immédiatement l'allusion.

— Oh, je connais Robert Prenn depuis un certain temps, dit-il nonchalamment. J'ai rencontré Nicole à quelques reprises chez son père à Johannesburg.

— Et vous ne nous l'avez jamais dit, lui reprocha Denise. Petit cachottier, va !

Puis se tournant vers Nicole :

— J'ai un tableau de votre père dans ma chambre. Hans me l'a offert pour mon anniversaire. Voulez-vous le voir ? Je l'aime beaucoup. Venez, je vous en prie.

Nicole comprit à demi-mot. Denise ne voulait pas lui parler en présence de sa mère. Elle s'excusa et sortit à la suite de la jeune fille.

— Que se passe-t-il ? demanda Denise d'une voix essoufflée, dès qu'elles eurent quitté la pièce. Je ne savais absolument pas que vous étiez Nicole Prenn quand je vous ai abordée l'autre soir.

— Je ne savais pas non plus que l'homme qui vous accompagnait était Hans Sorensen ; et je ne savais pas qu'il ferait des arrangements avec mon père pour que je fasse le portrait de Traugott, rétorqua Nicole en entrant dans la chambre de la jeune fille.

Le tableau de Robert Prenn attira d'abord son attention. Il était superbe mais beaucoup trop grand et imposant pour cette petite pièce ; d'ailleurs il n'aurait jamais dû être caché dans une chambre à coucher.

— Où en sommes-nous ? demanda Denise en s'asseyant avec grâce sur son lit. Je ne tiens pas à ce que mes parents connaissent l'épisode de la semaine dernière.

— S'ils l'apprennent, ce ne sera pas de moi, promit Nicole.

Il serait cruel, en effet, d'infliger davantage de soucis aux Greame.

— Et Hans ? persista Denise. Vous ne lui avez rien dit, j'espère ?

— Bien sûr que non ! répliqua Nicole avec impatience. Je ne veux pas vous causer d'ennuis.

— Merci, fit Denise. Motus, alors. Je vous suis reconnaissante, Nicole. Je ne veux pas de conflits entre Hans et moi. La nuit de la Saint-Sylvestre, je voulais l'aiguillonner un peu, le pousser à prendre une décision. Malheureusement, les événements ont pris une autre tournure à cause de Todd.

— Je vois, répondit Nicole, pour dire quelque chose car, en réalité, elle ne comprenait rien du tout.

Elle jeta un regard sur les mains de Denise. A part l'énorme œil-de-chat à sa main droite, elle ne portait rien d'autre. Les fiançailles n'étaient probablement pas encore officielles. Qu'attendait Denise de Hans ? Une demande en mariage en bonne et due forme ? Tentait-elle de se faire apprécier en tant que femme et non en tant que petite sœur de Vanessa ? La jeune fille aurait pourtant dû être satisfaite. Après tout, Hans n'avait-il pas quitté sa famille une nuit de la Saint-Sylvestre pour aller la chercher à Johannesburg ?

Denise regarda Nicole d'un air méditatif.

— Vous êtes très différente de l'autre soir. Hans vous a-t-il reconnue ?

Nicole acquiesça.

— Je l'ai tellement bien convaincu de mes relations avec Todd, ce soir-là, qu'il m'adresse à peine la parole en signe de désapprobation.

— Je vous plains ! gloussa Denise. Je vois tout à fait la scène ! Non pas qu'il soit étroit d'esprit ! Il n'est pas resté chaste jusqu'à trente-sept ans, tout de même, je l'espère ! Mais il a toujours eu pitié d'Henriette Baxter et déteste Todd, par le fait même.

— Et pourtant Todd est invité chez vous ?

— Todd est amusant, dit Denise en haussant les épaules. Je fais mieux de profiter de la vie maintenant car je vais perdre ma liberté une fois que j'aurai épousé Hans.

Nicole fronça les sourcils. Quelque chose ne tournait pas rond dans cette histoire.

— Si vous considérez le mariage de cette façon, pourquoi vous marier si tôt ? s'enquit-elle. Vous n'avez que dix-huit ans !

— Je risque de le perdre si je lui demande d'attendre, dit Denise tout en lissant les plis de sa robe.

Cela devait être terrible de ne pas être sûre des sentiments de son fiancé, songea Nicole.

— Il est beaucoup plus âgé que vous, observa-t-elle pensivement.

— Oh ! la différence d'âge importe peu, lança Denise. Voyez Ellen et Traugott, par exemple. Ellen a quinze ans de moins que son mari et pourtant leur union est réussie. Hans veut un fils, j'imagine, et il ne tient sûrement pas à l'avoir trop vieux. C'est un homme impatient ; je ne puis pas courir le risque de demander quelques années supplémentaires de liberté.

S'il l'aime, il l'attendra, pensa Nicole, bien que Hans soit plutôt un homme à n'en faire qu'à sa tête. S'il ne voulait un fils que pour perpétuer son nom, Denise, en retardant l'union, risquait en effet de perdre Hans Sorensen ; une autre femme pourrait alors aussi bien lui donner un héritier. Mais n'était-ce pas plutôt en souvenir de Vanessa qu'il voulait Denise ?

— Connaissez-vous bien Todd ? demanda la jeune fille à brûle-pourpoint.

— Comme il vous l'a dit tout à l'heure, nous nous sommes rencontrés quelques fois chez mon père, répondit Nicole. Je ne le connais donc pas très bien. Nous nous sommes revus la nuit de la Saint-Sylvestre... mais nous nous sommes séparés aussitôt après votre départ.

— Je vois, fit Denise pensivement. Le hasard fait bizarrement les choses... En rentrant de Johannesburg, Hans m'a annoncé avoir vu Robert Prenn en arrivant à la fête ; ils avaient alors convenu que la fille de l'artiste viendrait ici pour peindre le portrait de Traugott. Qui aurait jamais pensé que ce serait vous !

— Le hasard fait en effet bizarrement les choses, répéta Nicole sèchement. Ne ferions-nous pas mieux de rejoindre les autres ? Ils doivent bien se demander pourquoi je mets tant de temps à regarder un tableau de mon père !

Denise se leva avec élégance.

— Il est extraordinaire ce tableau, n'est-ce pas ? Oui, vous avez raison, il est préférable d'y aller... Donc, pas un mot ?

— Entendu, l'assura Nicole sèchement.

La jeune femme jeta un dernier regard sur le tableau de son père. Que dirait Robert Prenn, lui dont l'honnêteté transparaissait dans ses œuvres, d'apprendre le dédale d'intrigues dans lequel s'était égarée sa fille ?

Quand elles revinrent au salon, Mélanie avait envie de partir.

— On nous attend pour le déjeuner et ensuite je vais faire des achats à Louis Trichardt, expliqua la fillette.

— Nous ferions mieux d'y aller, convint Nicole.

— Je dois partir, moi aussi, fit Todd. Je suis venu à pied. Pouvez-vous me déposer, Nicole ? C'est sur votre route.

Celle-ci n'avait vraiment aucune envie de l'emmener ; mais comme Mme Graeme les regardait, elle n'avait pas tellement le choix et fut forcée d'accepter.

— Je devrai donc m'asseoir à l'arrière, dit Mélanie d'un ton revêche.

Après avoir salué Mme Graeme et sa fille, ils se mirent

en route, Todd aux côtés de Nicole, Mélanie sur la banquette arrière.

— Que pensez-vous de cette région où j'ai choisi de m'installer ? demanda Todd pendant le trajet.

— C'est ravissant, répondit Nicole laconiquement.

Todd n'avait pas choisi d'y élire domicile. Sa femme était à l'aise financièrement et la ferme lui appartenait ; il se rendait tout de même fréquemment à Johannesburg.

Le reste du trajet se passa en silence. Quand Todd lui fit signe qu'ils étaient rendus, Nicole arrêta sa voiture devant la grille de la ferme d'Henriette Baxter.

— Au revoir, Todd, fit-elle.

— Sortez, Nicole, dit-il tranquillement.

— Pourquoi ?

Il jeta un coup d'œil éloquent sur Mélanie ; celle-ci lui rendit un regard glacial.

— Nous avons des choses à nous dire, poursuivit-il.

Nicole sortit à contrecœur de la Volkswagen et s'approcha de la grille.

— La mère de Denise doit ignorer l'épisode de la Saint-Sylvestre, je suppose ?

— C'est exact, répondit Nicole de mauvaise grâce.

La jeune femme en avait assez ; elle avait l'impression de s'être empêtrée dans une toile d'araignée. Et, par-dessus tout, elle en avait assez de Todd Baxter.

— Et Sorensen ?

— Il semble évident qu'il doive rester sur sa dernière impression, fit-elle d'un ton sarcastique. C'était à son bénéfice, n'est-ce pas ?

— C'était et pour lui et pour Denise, dit Todd avec un sourire. Nous pouvons toujours renforcer cette impression.

— Il n'en est pas question, coupa Nicole, consciente du regard indifférent de Mélanie qui était maintenant installée sur le siège avant.

— Pourquoi pas ? demanda Todd d'une voix lente.

Vous ne passerez pas tout votre temps à peindre ce vieux despote, j'espère. C'est merveilleux que vous soyez ici. Nous allons bien nous amuser ensemble, Nicole.

— Amusez-vous avec Denise, rétorqua-t-elle brusquement. N'avez-vous donc aucun égard pour ses fiançailles toutes proches... ou pour votre propre union ?

— Nous n'avons qu'une vie à vivre : profitons-en, chère Nicole. Denise est une gentille petite fille ; si elle veut se servir de moi pour amener Hans Sorensen à s'exécuter, je ne m'y opposerai pas. Elle est très jolie.

— Je la plains, dit Nicole d'un ton sec, en retournant vers la voiture. Il y a un homme qui l'utilise en remplacement d'une femme décédée et l'autre s'amuse à ses dépens. Elle se retrouvera avec un énorme complexe.

Todd, en riant, lui saisit les mains pour l'empêcher de partir.

— Pas Denise. Vous la connaissez mal, Nicole. Elle sait exactement à quoi s'en tenir, et avec Sorensen et avec moi. Elle sait également ce que nous pensons d'elle. Elle n'en est pas mécontente, loin de là. La situation lui convient parfaitement.

— Si elle est satisfaite, pourquoi désire-t-elle épouser Hans Sorensen à tout prix ? lança Nicole. Laissez-moi aller, Todd. Nous devons rentrer à la ferme, Mélanie et moi.

— Encore un instant, fit-il comme une énorme familiale passait devant eux sur la route en direction de Louis Trichardt. Quand puis-je vous revoir ?

— Jamais, je l'espère, répliqua Nicole de but en blanc.

Elle réussit à se libérer de son étreinte et retourna à la voiture.

— Je suis désolée de cet intermède, s'excusa-t-elle auprès de Mélanie.

— C'est oncle Hans qui vient de passer en voiture, l'informa la fillette.

Nicole ferma les yeux en claquant la portière. Zut ! Les avait-il vus ? Au diable ce Todd Baxter ! Jamais personne ne lui avait causé autant d'ennuis.

— N'aimez-vous pas M. Baxter ? demanda Mélanie.

— Non, fit Nicole, trop contrariée pour tenir sa langue.

— Pourquoi lui avez-vous pris les mains, alors ?

— C'est le contraire... c'est lui qui tenait les miennes. Toute la différence est là.

— Oh ! fit Mélanie.

Et après avoir réfléchi un moment :

— Je vois, dit-elle d'une voix satisfaite.

Nicole réussit à se calmer avant d'arriver à la ferme et de déjeuner en compagnie d'Ellen et de Traugott.

— Hans a dû se rendre à Louis Trichardt, expliqua Ellen. Peut-être l'avez-vous croisé en rentrant ?

— Oui, il m'a fait un signe de la main, fit Mélanie.

Nicole examina l'enfant avec curiosité. Celle-ci n'en avait pas soufflé mot au moment où Hans les avait croisés. Les yeux gris de Mélanie étaient limpides et reflétaient la franchise ; ce fut la jeune femme qui se surprit à rougir. Mélanie s'attendait probablement à ce que Nicole racontât les circonstances de cette rencontre ; mais, en se taisant, la jeune femme ne donnait-elle pas un exemple de tromperie passive ?

La fillette n'agissait-elle pas de même ? Une autre que Mélanie aurait donné davantage de détails, sans se soucier de savoir si le silence serait plus opportun.

Après le repas, Ellen et Mélanie partirent pour Louis Trichardt. Nicole, de son côté, décida de faire le tour de la propriété. Traugott était allé voir la fraiseraie qui occupait beaucoup de son temps.

Nicole décida de peindre la montagne baignée de soleil derrière la maison. Comme toujours, elle peignait avec vigueur, à grands coups de pinceau, inspirée par la beauté du paysage. Elle avait installé son chevalet entre la maison et les eucalyptus. Plongée dans son travail, elle sursauta en voyant une ombre se profiler sur sa toile et sa main d'ordinaire si sûre, qui s'apprêtait à dessiner un trait décidé, hésita.

La jeune femme tourna vivement la tête et aperçut deux yeux gris amusés qui la regardaient. Elle prit immédiatement conscience de son aspect négligé. Elle avait enfilé en effet un vieux blue jean qu'elle portait toujours pour peindre aux Beaux-Arts ; son corsage, qui avait été du plus beau vert, s'était peu à peu décoloré sous l'effet des longues heures passées au soleil et était maintenant bariolé de peinture. Ses cheveux soyeux attachés sur sa nuque laissaient échapper des mèches rebelles. Ainsi vêtue, on lui aurait donné beaucoup moins que ses vingt-trois ans.

— Vous m'avez effrayée, lui reprocha-t-elle.

— Je suis désolé, fit Hans Sorensen.

Puis, jetant un coup d'œil sur son ébauche :

— Votre travail passe-t-il avant Todd Baxter ?

— Je vous ai déjà dit que cet homme ne signifiait rien pour moi, répliqua Nicole.

— Vraiment ? fit-il d'un ton sardonique. Vous me l'avez bien dit, en effet. Et j'espérais, par égard pour Henriette Baxter, que ce fût la vérité.

— Vous ne me croyez pas !

— Nous nous comprenons fort bien, dit-il froidement. Je me demandais si vous m'aviez vu ce matin ; je croyais que seule Mélanie m'avait reconnu. Je ne tiens pas à me mêler de ce qui ne me regarde pas, Miss Prenn, mais lorsque ma nièce est forcée d'être témoin de... A l'avenir, quand vous prendrez rendez-vous avec Baxter, je vous prierais de faire en sorte que la fillette n'y soit pas.

— Oui, monsieur Sorensen, murmura-t-elle.

— Cela vous amuse qu'une enfant soit mêlée à cela ?

— Absolument pas. D'ailleurs, elle n'a été mêlée à rien du tout. L'épisode de ce matin était inévitable.

— Rien n'est inévitable, affirma Hans d'une voix qui tentait avec peine de se dominer.

— Rien n'est inévitable pour les dieux, peut-être, mais pas pour le commun des mortels, rétorqua Nicole. Pourquoi cela vous préoccupe-t-il à ce point ? Je ne serai pas ici assez longtemps pour influencer Mélanie dans quelque sens que ce soit. Sa moralité n'est pas en danger, comme vous semblez le croire.

— Qui a parlé de moralité ? C'est plutôt une question de ménager les sentiments des autres. Mélanie pourrait fort bien sans le vouloir faire savoir à Henriette Baxter que son mari a une aventure avec vous.

— Il n'y a rien entre Todd et moi, affirma calmement Nicole. Toutefois, est-ce bien sage de laisser Mme Baxter dans l'ignorance du genre de vie que mène son mari ? Plus elle aura de fausses illusions, plus le réveil sera brutal.

— Mme Baxter ne berce aucune illusion quant à son mari, j'en suis persuadé, répondit Hans avec cynisme. Elle le connaît mieux que tout le monde. Mais elle a son orgueil et c'est ce à quoi je pense. Une enfant peut parler en présence de n'importe qui sans penser faire de mal.

— Pas Mélanie, fit Nicole en riant. Elle est très mûre pour son âge. Elle aurait pu raconter... à Mme Sorensen ce que vous avez vu ce matin, mais elle s'est tue.

— L'en aviez-vous priée ? Je ne veux pas que cette enfant soit élevée dans le mensonge.

— Vous me jugez mal, monsieur Sorensen. Je ne connais pas les raisons du silence de Mélanie, mais je n'en suis pas responsable, soupira la jeune femme. Je me suis sentie coupable, d'ailleurs, ajouta-t-elle avec sa franchise habituelle.

Hans la regarda d'un air méditatif.

— Est-ce vrai ?

— Pourquoi ne le serait-ce pas ?

— Je n'ai pas tellement de raisons de vous croire, n'est-ce pas ? Hier soir, vous m'avez affirmé que votre intrigue avec Baxter était bel et bien finie. Et pourtant, aujourd'hui, quand je suis passé près de vous en voiture, vous vous teniez par la main devant la propriété d'Henriette Baxter. Elle aurait pu vous apercevoir. N'y avez-vous pas songé ?

— Elle ne se fait aucune illusion sur le compte de Todd, vous venez de me le dire, répliqua Nicole avec lassitude.

Oh ! Si seulement elle pouvait le persuader que son aventure fictive avec Todd était terminée ! Mais il devait continuer de croire qu'il y avait déjà eu quelque chose entre eux, car elle l'avait promis à Denise Graeme. Toutefois, la jeune femme ne pouvait accepter de continuer de vivre dans le mensonge... c'était impensable. Hans Sorensen croyait que l'intrigue continuait... presque sous les yeux d'Henriette Baxter. Et cela Nicole ne pouvait le supporter. Non pas que l'opinion de Hans Sorensen lui importât, tenta-t-elle de se persuader, mais parce que... le mensonge dans lequel elle s'était embourbée lui était intolérable.

— Je vous ai dit la vérité, hier soir, lui dit-elle. La scène dont vous avez été témoin ce matin... n'avez-vous jamais entendu parler des agonies lentes et douloureuses ? demanda-t-elle avec un sourire triste.

— Cela ne s'est pas passé de cette façon, répliqua Hans durement. Vous ne savez pas ce qu'est l'amour, Nicole.

— L'amour, l'amour, fit-elle avec mépris. Qu'est-ce que l'amour quand on pense à...

Elle s'arrêta brusquement ; ses yeux noisette brillants de colère, regardèrent successivement les montagnes au loin, les futaies, les pelouses.

— Quand on pense à tout ce qu'il y a sur cette terre, à la beauté, à la magnificence de la nature... ne croyez-vous pas que l'amour soit dérisoire par rapport à cela ? Une goutte d'eau dans la mer ? Il y a plus, beaucoup plus que l'amour dans cet univers. Il y a...

Elle leva brusquement les yeux sur la montagne se détachant sur le ciel bleu, puis les abaissa sur sa toile. Et, avec son index, elle barbouilla de grands traits marrons et rouges son œuvre, comme si le pinceau était impuissant à traduire son état d'âme.

— Beaucoup plus, répéta-t-elle.

Hans secoua la tête. Ses yeux avaient pris une teinte plus sombre.

— Vous n'êtes qu'une enfant, fit-il durement, une enfant qui n'a jamais connu l'amour véritable... celui qui embrase l'âme. Sinon, vous ne tiendriez pas ces propos. Les artistes, les poètes, les musiciens tiennent souvent le même langage mais je ne crois pas qu'ils soient sincères. Vous êtes une bonne artiste, Nicole, mais pas une grande artiste. Vous n'arrivez pas à la cheville de votre père. Vous êtes convaincue de détenir la vérité parce que vous ne connaissez rien d'autre. Vous ne connaissez rien de l'amour. Je ne sais quel genre de vie vous menez. Vous avez peut-être eu un nombre incalculable d'amants... mais vous n'avez jamais aimé avec un grand A, sinon vous ne tiendriez pas ce langage.

Il la traitait comme une enfant... Nicole était furieuse. Il avait raison. Elle ne connaissait pas l'amour, ni physique, ni spirituel. Ses passions n'avaient toujours été que de petites amourettes sans lendemain.

— Vous ne pouvez comprendre l'exaltation qui me pousse à peindre.

— Ce n'est qu'une carrière pour vous. Elle peut fort bien vous passionner, soit, et je suis en mesure de le comprendre. Il n'y a pas que l'Art ; la terre peut elle aussi posséder un homme. Mais cette possession n'est jamais absolue.

— Vous qui connaissez tant l'amour, le nargua-t-elle,

ne le rabaissez-vous pas en tentant de remplacer l'être aimé par sa sœur ? Même Mélanie... vous ne l'aimez que parce qu'elle ressemble à Vanessa, parce qu'elle est sa fille. Elle le sent sûrement et voilà pourquoi elle est si sage, si sérieuse.

Les yeux de Hans étaient menaçants de colère.

— Ellen vous a raconté toute l'histoire de la famille, si j'ai bien compris, fit-il durement. Comment pouvez-vous comprendre... vous n'êtes qu'une gamine. Donc, à l'avenir, je vous prierais de garder vos opinions pour vous. Je n'ai pas à me justifier, mais c'est bien vrai, j'ai aimé Vanessa, il y a une dizaine d'années, quand elle avait dix-huit ans. Mais quand il s'est agi de mariage... Karl n'était pas fermier. Cependant, vous faites erreur en affirmant que mes sentiments envers Mélanie n'existent qu'en fonction du souvenir de Vanessa. J'aime cette enfant, en tant qu'individu. Et vous ne connaissez absolument pas les facteurs qui en ont fait une petite personne réservée.

Il n'avait pas mentionné Denise. Nicole était horrifiée des propos qu'elle avait tenus, des remarques qu'elle avait faites ainsi que de la réaction de Hans Sorensen. Elle porta une main à ses lèvres et dit d'une voix tremblante :

— Je suis désolée, Hans. Je n'avais aucun droit de vous parler de la sorte. Je ne connais pas les circonstances, en effet, et, de toute façon cela ne me regarde pas.

Le visage de Hans Sorensen était impassible. Mais jamais Nicole ne serait capable d'oublier leur discussion ; elle aurait toujours la colère de cet homme à la mémoire.

— Nous nous comprenons fort bien. Ma vie privée ne vous concerne absolument pas et je ne me mêlerai plus de votre intrigue amoureuse passée ou présente avec Baxter.

— Passée, insista-t-elle car elle ne voulait pas qu'il continuât de croire le contraire.

— Très bien, fit-il.

Il était sur le point de partir quand il se retourna brusquement. Son visage avait revêtu une expression narquoise.

— Nous avons réussi à communiquer cet après-midi, tous les deux, même si nos échanges furent des plus acerbes.

Et sur ces paroles, il la quitta. Nicole, le regard sans expression, le vit se diriger vers l'éolienne.

Elle poussa un long soupir et retourna à sa toile. Mais elle n'arrivait plus à se concentrer sur son travail. Malgré tous ses efforts, la montagne avait perdu son envoûtement. La conversation avec Hans Sorensen avait laissé la jeune femme dans un état d'épuisement total. Elle décida donc de réunir son matériel et de retourner à la maison.

Ils s'étaient appelés par leur prénom respectif, pensa-t-elle tout à coup dans sa chambre alors qu'elle retirait son vieux blue jean et son corsage délavé.

Au dîner, Hans avait repris son attitude distante pour s'adresser à Nicole et cette dernière fut vexée d'en éprouver de la contrariété. Aux yeux de Hans, elle était insignifiante, nulle, peu intéressante. La jeune femme en fut fortement déçue. Il n'y avait rien, pas la moindre petite parcelle d'intérêt, dans les yeux gris métallique qui se posaient de temps à autre sur elle avec une indifférence blessante.

Nicole en voulait d'autant plus à Hans Sorensen qu'elle était contrariée. Elle ne pouvait s'empêcher de penser à la façon dont il avait parlé de la mère de Mélanie. La jeune femme, incapable de comprendre cet homme, en était frustrée, désorientée.

Mais, après tout, qu'est-ce que cela pouvait bien faire ? songeait-elle. Hans Sorensen avait peut-être souffert à cause de Vanessa mais c'était tout de même un homme étrange, intolérant. Un homme dur. Elle ne l'aimait pas. Il n'était pas homme non plus à demander conseil à qui que ce soit. Il ne faisait qu'à sa tête et voilà pourquoi Denise Graeme servirait sans aucun doute de remplaçante à Vanessa.

Denise ressemblait-elle à ce point à sa sœur ? Quel genre de femme était la mère de Mélanie ? Peut-être la similitude entre les deux sœurs était-elle encouragée par la famille qui s'accrochait de façon morbide et par tous les moyens possibles au souvenir de la jeune morte ?

Hans quitta la table aussitôt le repas terminé. Il allait rendre visite aux Graeme et ne savait pas quand il serait de retour.

— A-t-on retrouvé ce chien qui est censé avoir la rage ? demanda Traugott à son neveu.

— Pas encore. Il est peut-être à plusieurs miles d'ici maintenant, fit-il. Mais je ne veux absolument pas que Mélanie sorte seule, comme elle le fait habituellement, avant que l'on ait retrouvé cet animal.

Nicole passait une soirée tranquille au salon en compagnie d'Ellen et de Traugott quand, soudain, le téléphone sonna. Sarah, qui était allée répondre, vint chercher la jeune femme.

Nicole, étonnée de recevoir un appel, s'en fut dans le hall et prit le combiné.

— Allô ?

— Nicole ? Todd à l'appareil, fit la voix qui commençait sérieusement à lui porter sur les nerfs.

— Que voulez-vous ? lança-t-elle violemment.

Elle l'entendit rire à l'autre bout du fil.

— Quelle façon charmante de s'adresser à un vieil ami ! J'ai pensé que vous vous ennuyiez peut-être dans ce pays perdu et, comme je suis un copain de Johannesburg, j'ai cru pouvoir vous égayer un peu.

— Ne soyez pas ridicule, jeta-t-elle d'un ton sec. Ce n'est pas le Pôle Sud et je ne vais pas passer ma vie ici.

— Vous en avez de la chance ! Si au moins je pouvais dire la même chose ! Invitez-moi donc à la ferme !

Sorensen est avec Denise ce soir, je le sais ; je me sens un peu désœuvré.

— Et votre femme ? Vous en avez une, l'auriez-vous oublié ? lança Nicole d'un ton cassant. Je vous remercie beaucoup Todd mais je n'ai pas envie de vous tenir compagnie tout simplement parce que Denise n'est pas libre pour la soirée. Laissez donc cette jeune fille tranquille, de toute façon. Elle est presque fiancée avec Hans Sorensen. N'êtes-vous pas blessé dans votre orgueil de servir de second violon ?

— Je ne suis pas assez bête pour lever le nez sur les miettes qui tombent de la table du riche, rétorqua Todd en riant. Vous m'attendez donc, chère Nicole ?

— Non, répliqua-t-elle brièvement. Et je suis sérieuse, Todd. Si vous avez le malheur de venir ici, je ne vous recevrai pas. J'en ai assez de vous !

Et sans daigner le saluer, elle raccrocha d'une main sûre et retourna au salon.

Ellen, qui disputait une partie d'échecs avec son mari, leva les yeux.

— Etait-ce votre père qui vous appelait de Johannesburg, Nicole ?

Nicole hésita, puis secoua la tête.

— C'était Todd Baxter. Il connaît mon père et je l'ai rencontré quelques fois à Johannesburg. Comme il savait que j'étais ici, il a téléphoné.

C'était la réponse la plus conforme à la vérité que Nicole pût fournir. Et elle en avait assez des mensonges.

— Vous le verrez probablement pendant votre séjour, lui dit Ellen. Au braaivleis de samedi, tout probablement. Je crois que Todd et Henriette sont invités.

— Au braaivleis ?

— Nous ne vous l'avons pas dit ? fit Traugott. En réalité, nous le faisons pour Mélanie ; comme Hans n'y était pas la nuit de la Saint-Sylvestre, la fillette était si déçue que nous lui avons promis une autre fête.

— Il n'y aura pas beaucoup de monde, expliqua Ellen. Ilse et Peter viendront avec les enfants pour le week-end. Ils quitteront Messina vendredi soir, après le travail de Peter. Qui d'autre, Traugott ? Ah, oui, les Baxter, les Graeme... quelques autres couples... et vous, naturellement, Nicole.

— Merci, fit la jeune femme en souriant. Est-ce qu'il faudra s'habiller ou est-ce que ce sera le braai traditionnel tout simple ?

Ellen réfléchit un moment.

— Nous le ferons là-haut sur la colline. Les jeunes femmes portent habituellement une jupe ou une robe longue. N'est-ce pas, Traugott ?

— Je ne me souviens plus, fit le vieillard. Vous avez peut-être raison, Ellen. Il me semble revoir Denise dans une robe longue au dernier braai... de toute façon, tout lui sied bien. Elle est bien belle, cette Denise.

Oui, Denise était fort belle, pensait Nicole un peu plus tard dans son lit quand elle fut éveillée par le bruit d'une voiture. C'était probablement Hans qui rentrait. La jeune femme entendit une pendule carillonner doucement quelque part dans la maison... il était une heure du matin.

4

Au cours des deux matinées suivantes, Nicole travailla d'arrache-pied au portrait de Traugott, désireuse d'en finir au plus vite. Ellen leur avait préparé un thermos de café afin que le peintre et son modèle ne perdissent pas trop de temps en revenant se rafraîchir à la maison. Traugott avait même apporté son fusil, car expliqua-t-il, personne ne savait où se terrait le chien enragé. Un homme du voisinage croyait l'avoir aperçu depuis une colline des alentours.

Nicole avait d'abord débuté à tâtons ; puis elle s'était mise à son travail avec son enthousiasme habituel. Elle s'arrêtait parfois de crainte que Traugott fût fatigué. Mais ce dernier ne se plaignait jamais et l'assurait constamment qu'il se sentait très bien.

— Si je suis fatigué, je vous promets de vous le faire savoir, répondit-il quand la jeune fille lui posa la question.

— Jamais je n'aurais supposé que vous seriez un modèle aussi patient ! le taquina-t-elle. Vous êtes même très docile ! J'avais peur que vous ne fussiez un tigre !

— *Ach,* oui ? fit Traugott en riant. Je me suis peut-être radouci au fil des ans. Maintenant, cela m'en prend beaucoup pour me transformer en tigre. On apprend la patience en vieillissant.

Lorsqu'elle peignait, Nicole ne doutait ni de son

talent ni de la réussite du portrait ; mais entre deux séances de pose, quand elle examinait son travail, elle était accablée de doutes et s'inquiétait des résultats. Elle avait alors envie de tout recommencer. La jeune femme savait toutefois, par expérience, qu'elle ne pouvait juger une œuvre avant qu'elle fût terminée. Traugott Sorensen, avec son teint florissant, ses cheveux blancs comme neige, ses yeux bleu faïence, ses traits nobles, faisait, sans aucun doute, un sujet idéal pour un portrait.

Le vendredi après-midi, Mélanie vint trouver Nicole sur la véranda qui donnait sur leurs chambres respectives.

— Bonjour, fit Nicole avec un sourire en voyant l'enfant devant elle.

Il était difficile, voire impossible, de deviner les sentiments de la fillette car son visage revêtait toujours la même expression de gravité, ses yeux gris sombre le même air mystérieux.

— Bonjour, Nicole, répondit Mélanie poliment. Que faites-vous ?

Nicole montra les esquisses qu'elle avait faites de Traugott.

— Je jette un coup d'œil là-dessus.

— Pourquoi ?

— Si je les examine attentivement, cela m'aidera à mieux peindre votre oncle.

— Oh ! fit Mélanie.

Puis après avoir réfléchi un moment :

— Comment cela se fait-il ?

— C'est difficile à expliquer, Mélanie. Quand j'observe bien ces dessins, je peux graver certains traits dans mon esprit. Ainsi, je n'hésiterai pas quand viendra le moment de peindre directement sur la toile.

— Etes-vous obligée de les regarder tout de suite ?

Nicole fut déconcertée.

— Non, ce n'est pas essentiel. Je puis le faire une autre fois. Pour quelle raison ?

— Nicole... fit Mélanie, hésitante.

— Qu'y a-t-il? dit Nicole gentiment car, pour la première fois, l'enfant semblait indécise.

— Pouvez-vous venir en promenade avec moi? demanda-t-elle avec gravité. Vous comprenez, j'ai promis à oncle Hans de ne pas m'éloigner de la maison à cause du chien enragé. Ce serait horrible, n'est-ce pas, si Anon avait la rage? Il mourrait.

— Ce serait affreux, en effet, acquiesça Nicole. C'est bien, Mélanie, je vais aller en promenade avec vous. Voulez-vous partir tout de suite?

— Oui, s'il vous plaît, fit Mélanie. Merci beaucoup, Nicole.

Elle était très polie, mais, pensa la jeune femme, si elle avait été un peu plus insouciante, elle aurait ressemblé davantage aux autres enfants. Elle était en effet toujours si grave!

— Où allons-nous? demanda Nicole en quittant la maison.

— Sur la colline. Cela ne vous fait rien? s'enquit la fillette avec inquiétude. Préférez-vous aller ailleurs?

— Mais non, affirma Nicole. Cette ferme est si belle... tous les chemins sont jolis.

— Certains endroits sont plus jolis que d'autres, assura l'enfant. Le taillis où vous m'avez rencontrée l'autre jour, par exemple. Vous auriez pu m'écraser si vous aviez roulé plus vite.

— Oui, fit Nicole d'un ton sec. C'était stupide de votre part de traverser la route en courant.

— Je sais, avoua Mélanie. J'aime bien aller jusqu'au sommet de la montagne, fit-elle en changeant de sujet. Jusqu'à la cîme. Parfois nous apportons notre pique-nique. Nous nous asseyons dans l'herbe sous les arbres et nous pouvons ainsi regarder sur l'autre versant. Il souffle toujours un vent doux et chaud.

— Cela me semble merveilleux, commenta Nicole.

Idyllique, pensa-t-elle. Simple et charmant.

— Mais aujourd'hui, continua Mélanie, j'ai envie de marcher jusqu'au sommet de la colline. C'est difficile. Il faut soit marcher d'un bon pas et alors l'on est vite fatigué, soit marcher lentement et on a les jambes toutes endolories. On a l'impression de pousser un gros objet. Mais j'aime bien faire des choses difficiles, parfois. Et vous, cela vous plaît ?

— Oui, beaucoup, dit la jeune femme. Surtout quand je suis en colère.

Mélanie, elle, ne se mettrait jamais en colère. Etait-elle parfois de mauvaise humeur ou bien acceptait-elle toujours les événements avec le même calme ? Les coups que lui avait infligés le destin étaient-ils responsables de cette attitude stoïque ?

— Oncle Hans est comme vous. Pas moi, confia Mélanie en regardant Nicole du coin de l'œil. Qu'est-ce qui vous met en colère ?

Nicole se mit à rire.

— Oh ! Toutes sortes de choses : l'injustice... la cruauté... les gens qui imposent leurs opinions sans daigner écouter celles des autres... ceux qui refusent de voir la vérité en face... entre autres. Je suis probablement bien intolérante moi aussi puisque tant de gens ou d'attitudes me sont insupportables.

— Mais, Nicole, fit Mélanie lentement, d'un ton étonné, vous êtes exactement comme oncle Hans ! Exactement semblable ! Je ne m'en étais jamais rendu compte !

Nicole, incapable d'articuler un son, se surprit à rougir.

Mélanie s'écarta à nouveau du sujet.

— Ilse arrive ce soir. C'est la fille de tante Ellen mais elle s'appelle Lewis car elle a épousé Peter. Ils viennent souvent en week-end et on me permet de rester debout jusqu'à leur arrivée le vendredi soir. Ils ont deux enfants, Martin et Erika. Martin a dix ans, Erika huit ; moi, je suis entre les deux. Erika dort dans ma chambre ; parfois nous restons éveillées très longtemps et nous nous racontons des histoires. Vous pensez que vous les aimerez ?

— Je ne sais pas, mais je crois bien que oui, fit Nicole avec honnêteté.

— Aimez-vous tante Ellen ?

— Oui, beaucoup.

— Aimez-vous oncle Traugott ?

— Oui.

— Aimez-vous oncle Hans ?

— Euh... oui, mentit Nicole.

Elle n'aimait pas Hans Sorensen. Il l'irritait. Avait-elle du respect pour lui ? De l'admiration ? Il éveillait en elle un sentiment de nervosité et de confusion inexprimable. La jeune femme avait du mal à se faire une opinion de lui.

— Et... ?

La voix de l'enfant prit soudain un ton incroyablement espiègle.

— Et moi, m'aimez-vous, Nicole ?

Nicole lui sourit.

— Oui... mais je ne vous connais pas très bien. Vous n'êtes pas facile à comprendre.

La jeune femme vit, pour la première fois, un demi-sourire fugitif, infiniment doux, s'esquisser sur les lèvres de l'enfant.

— Vous comprenez, je crois, fit la fillette posément. Je ne suis pas aussi étrange qu'on le dit. Mais je n'aime pas parler. Je me sens gauche quand on me force à le faire. Je me sens comme cela, à l'école.

— Cela me rappelle des souvenirs ! s'exclama Nicole en se remémorant soudain certains épisodes de son enfance.

La jeune femme était maintenant subjuguée par la fillette ; celle-ci s'était dévoilée suffisamment pour révéler sa perspicacité. Elle savait ce que son entourage pensait d'elle : une petite fille étrange, peu loquace.

Elles marchaient maintenant tout près d'un mur très escarpé qui longeait une pente herbue. Nicole n'avait jamais vu cette partie de la ferme.

— Qu'y a-t-il de l'autre côté de ce mur ? demanda la jeune femme.

— Un peu plus loin, il y a la fraiseraie d'oncle Traugott, fit Mélanie.

Tout en suivant le mur, Mélanie continuait son nouveau jeu. Nicole aimait-elle grand-mère Graeme ? Et tante Denise ?

— Oh ! s'interrompit Nicole brusquement comme la tranquillité de la pente herbue était tout à coup brisée par un éclair brun qui se précipitait vers elles. Qu'est-ce que c'est ?

— Nicole ! s'écria Mélanie horrifiée. C'est le chien ! Le chien enragé !

Nicole le voyait bien maintenant. Son cœur s'arrêta de battre.

— Nous ne pouvons pas courir, ajouta Mélanie avec désespoir. Qu'allons-nous faire ?

— Escaladez ce mur, ordonna la jeune femme.

Le temps pressait et la bête descendait la pente à une allure vertigineuse.

— Je ne peux pas ! gémit la fillette. C'est trop haut !

— Je vais vous aider ! Vite, Mélanie ! fit Nicole, hissant l'enfant sur le mur, les muscles tendus dans un effort suprême. Enjambez le mur et courez à la maison.

Le danger aiguisait l'acuité de la jeune femme. La rage... en mourait-on si on était mordu ? Non... ou était-ce le contraire ? Elle avait entendu parler d'un homme qui avait été mordu ; il n'en était pas mort mais avait dû subir des injections douloureuses dans l'abdomen... Ou n'était-ce pas plutôt la bilharziose ? Non, cela s'attrapait dans l'eau.

Nicole se mit à réciter à haute voix la prière réconfortante de son enfance :

— Sainte-Marie, Mère de Dieu, priez pour nous,

pauvres pécheurs, maintenant et à l'heure de notre mort...

— Ça y est, s'écria Mélanie en atteignant le sommet du mur. Dépêchez-vous, Nicole.

— Je n'ai plus le temps, suffoqua la jeune femme. Vite, Mélanie, courez à la maison, allez les avertir !

Le chien était maintenant tout près d'elle. Elle voyait ses yeux, son pelage brun, sa bouche écumante, caractéristique de la rage.

— Je vous salue, Marie...

Dans un effort désespéré pour échapper à l'horrible bête, elle se jeta brusquement de côté... Il y eut un bruit sourd, puis un broiement écœurant comme le chien, emporté par son élan, se ruait contre le mur.

Nicole, n'en croyant pas ses yeux, regarda avec effroi la bête inconsciente. Le chien s'était assommé. La jeune femme éclata d'un rire nerveux.

Mélanie était partie depuis longtemps. Un instant plus tard, Nicole descendait la pente à longues enjambées, en direction de la maison, trébuchant parfois sur des cailloux. Elle courait à perdre haleine de crainte que l'animal se réveillât et se lançât à sa poursuite...

Nicole atteignit enfin la porte de la cuisine. Elle était essoufflée. Elle se retourna : la bête n'était pas derrière elle.

La jeune femme entendait des voix à l'intérieur... Mélanie criait... Puis Traugott et Hans sortirent avec leur fusil. La fillette voulait les suivre mais Sarah la retint dans la cuisine.

— Nicole ! s'écria Hans en l'apercevant. Que s'est-il passé ? Où est le chien ?

— Il s'est assommé contre le mur, haleta Nicole. Faites vite ! Il peut se réveiller à tout moment. J'ai couru tout le long de la pente.

— Merci, fit Hans. Sarah, dit-il en s'adressant à la bonne, occupez-vous d'elles.

Les deux hommes partirent. Sarah entoura Nicole d'un bras et l'entraîna dans la cuisine.

— Vous avez subi un choc... Mélanie aussi. Asseyez-vous au salon, je vous apporte du thé.

Mélanie, complètement bouleversée, avait perdu son calme habituel. Elle n'arrêtait plus de parler. Comme Ellen n'y était pas, Sarah demeura à leurs côtés pour les réconforter.

— Comment cela s'est-il passé, Nicole? s'enquit Mélanie.

— Je... je me suis jetée de côté quand il s'est précipité sur moi. Et il s'est frappé contre le mur, fit Nicole, n'arrivant pas à croire que cette aventure lui était réellement arrivée.

— Vous n'avez pas eu peur?

— J'étais terrifiée.

— Incroyable! Vous avez eu de la chance... tante Ellen dira sûrement que c'est la providence, dit l'enfant d'une voix impressionnée.

— C'est un miracle, répondit Nicole brièvement.

Et en son for intérieur, elle remercia le ciel d'être assise dans cette pièce confortable, sous un tableau de son père, en train de boire du thé.

Mélanie, elle, semblait n'avoir subi aucun choc; mais elle était visiblement impressionnée par leur sauvetage miraculeux.

— J'avais tellement peur en essayant d'escalader ce mur, admit-elle. Il était incroyablement à pic. Si vous ne m'aviez pas poussée, je n'aurais jamais réussi à atteindre le sommet. J'ai déchiré mon jean. Tante Ellen m'en achètera un autre, j'espère.

— Sans aucun doute, fit Nicole d'une voix distraite.

Dans cette maison, on n'était pas obligé de faire des économies; on n'aurait pas à réparer l'accroc en posant une pièce, pensa-t-elle.

— J'ai senti que je vous donnais un coup de pied en

escaladant le mur, continua Mélanie. Est-ce que je vous ai fait mal ?

— En plein dans l'estomac, j'avais oublié, fit Nicole en riant faiblement. N'en parlons plus, je vous en prie, Mélanie.

— Vous avez raison, approuva Sarah. Parlez d'autre chose.

Mélanie posa ses yeux gris sombre sur Nicole.

— C'est horrible d'y penser, n'est-ce pas ?

Et devant l'acquiescement de la jeune femme :

— Compris, je n'en parlerai plus. Puis-je téléphoner à mes amies pour leur raconter ? Je le dirai à Martin et Erika ce soir et je ferai en sorte que vous n'entendiez pas. Je le raconterai à Erika avant qu'elle s'endorme. Pensez-vous qu'elle me croira ?

— Elle aura des cauchemars, c'est sûr ! répliqua Nicole.

Mélanie courut dans le hall et s'empara du téléphone.

La jeune femme, installée confortablement dans un fauteuil, ne pouvait s'empêcher de se rappeler l'instant où le chien s'était précipité sur elle. Puis elle pensa à Hans et son cœur, pour la deuxième fois de la journée, s'arrêta de battre. Pourquoi les deux hommes n'étaient-ils pas de retour ? Et si le chien avait repris conscience ? Ils avaient leurs fusils mais un malheur est vite arrivé...

Elle était en train de paniquer quand Hans pénétra dans le salon. Il n'avait plus son fusil.

— Tout va bien, le rassura Sarah en se retournant pour quitter la pièce.

— Merci, Sarah, fit-il poliment. Cet animal ne nous causera plus de soucis. Traugott est allé chercher quelques hommes.

Sarah opina de la tête et sortit. La jeune femme se leva.

— Nicole, fit Hans d'une voix étrange.

Ses yeux gris, indéchiffrables, avaient pris une teinte plus sombre.

— J'ai compris, dit-elle d'une voix tremblante, sur la défensive. J'ai mis la vie de votre nièce en danger en lui permettant de s'éloigner de la maison ; j'en suis consciente. Je ne suis qu'une sotte, termina-t-elle avec amertume.

— Oncle Hans, Nicole a été très courageuse, fit Mélanie d'une voix calme en entrant dans le salon.

— Merci, Mélanie, répondit-il.

— Elle m'a aidée à escalader le mur, insista la fillette. Et pendant tout ce temps, cet horrible chien descendait la pente à toute allure et se dirigeait vers nous. Oh ! j'espère que mon petit Anon n'aura jamais la rage !

— Cela suffit, Mel, fit Hans avec impatience en apercevant Nicole pâlir à vue d'œil.

Il s'approcha de la jeune femme et saisit ses bras nus.

— Vous n'êtes peut-être qu'une sotte, Nicole, mais... s'interrompit-il en haussant les épaules, le regard pensif.

Nicole leva les yeux vers lui ; elle ne savait que penser de l'attitude de cet homme.

— Merci de ce que vous avez fait, Nicole, poursuivit-il.

— Oh, c'était affreux ! s'exclama-t-elle en éclatant en sanglots.

— Pauvre Nicole, fit Mélanie d'une voix tragique.

La jeune femme se sentit attirée contre un corps mince et puissant.

— Nicole, ne pleurez plus, disait Hans d'un ton impersonnel. Je ne puis supporter les femmes larmoyantes. Mélanie, j'entends la voiture d'Ellen. Va lui dire ce qui s'est passé et dis-lui que Nicole a besoin d'elle.

— Tout de suite.

Nicole avait les genoux vacillants. Et ce n'était pas par réaction au drame qu'elle venait de vivre. Hans, même s'il ne la touchait plus, était tout près d'elle ; et c'était là la cause de son émoi. La jeune femme s'écarta de lui et, surmontant son désarroi, cessa de pleurer.

— Je suis désolée, marmonna-t-elle avec embarras.

— Ça va, dit-il sèchement. Mélanie ne semble pas du tout affectée par les événements ; elle n'est qu'un peu plus animée que d'habitude. Merci beaucoup, Nicole.

Elle demeura perplexe devant une lueur éphémère dans les yeux gris. Puis, la lueur disparut et la jeune femme sentit le besoin d'attaquer pour cacher la nervosité que lui inspirait cet homme.

— Ne laissez pas la gratitude changer l'opinion que vous avez de moi, lança-t-elle d'un ton cinglant.

— Et quelle opinion ai-je de vous ? s'enquit-il doucement.

— Pas très favorable, dit-elle en se retournant.

— Vous avez tort, Nicole, répliqua-t-il. Je n'ai aucune opinion à votre sujet. Emotivement, vous n'êtes qu'une enfant et, comme telle, vous m'intéressez peu.

Aussi étrange que cela pût paraître, cette phrase blessa davantage la jeune femme que s'il lui avait déclaré la détester.

— Merci, fit-elle en colère. Je suis bien contente de savoir que je ne vous intéresse pas. C'est très embêtant quand une personne que l'on n'aime pas s'intéresse à soi.

— Je n'ai pas dit que vous ne m'intéressiez pas du tout, la reprit-il. Vous ne m'intéressez pas émotivement. Cependant, physiquement, vous êtes très attirante, fit-il en caressant du regard la peau fine de sa gorge, sa taille mince, ses hanches étroites.

— Vous rendez-vous compte à quel point vos paroles sont insultantes ? lança-t-elle. Je sais que souvent les hommes agissent ainsi ; ils ne s'intéressent qu'à l'aspect physique. Mais le fait de l'avouer verbalement est le summum de l'indélicatesse. Il serait plus de mise de prétendre l'indifférence la plus complète.

— Baxter s'intéresse-t-il à votre esprit ? Se préoccupe-t-il de votre âme ?

— Vous n'en savez rien, répliqua-t-elle.

— Je n'en sais rien, soit ; mais si cette liaison vous avait impliquée émotivement, vous n'en parleriez pas ainsi.

— Ma relation avec Todd ne regarde que moi ; je ne tiens pas à en discuter avec le premier venu.

Nicole s'arrêta brusquement ; elle discutait pour le plaisir de discuter. Il n'y avait jamais rien eu entre Todd et elle. Pourquoi Hans Sorensen attisait-il à ce point son esprit contestataire ? Elle se demanda quelle serait sa réaction si elle changeait d'attitude envers lui, si elle essayait la gentillesse. A cette pensée, sa bouche esquissa un sourire. Il serait pour le moins étonné et se méfierait sûrement.

— Qu'est-ce qui vous amuse ? demanda-t-il d'un ton narquois.

— Mes pensées, rétorqua-t-elle.

— Cela saute aux yeux, en effet.

— Ne soyez pas vexé. Je ne m'amusais pas à vos dépens, assura-t-elle gentiment.

— Je ne suis pas vexé.

— Tant mieux, fit-elle posément.

— Un autre personnage, Nicole ? On vous donnerait le bon Dieu sans confession, mais vous êtes peut-être une sorcière, dit-il doucement, la fixant dangereusement de ses yeux gris.

— Vous feriez mieux de faire attention, dans ce cas. Allez vite chercher une gousse d'ail si vous ne voulez pas que je vous jette un sort !

— Je suis immunisé, dit-il en riant.

Il était sûrement immunisé, pensa Nicole avec un soupir ; immunisé contre toute influence. Il avait vécu une expérience qui l'avait rendu amer et maintenant plus rien n'arrivait à l'émouvoir. Il serait l'artisan de son propre bonheur et de son propre malheur.

Ellen, préoccupée au sujet de Nicole, pénétra dans le salon ; Hans en sortit, au grand soulagement de la jeune femme.

Mélanie, qui avait suivi sa grand-tante, demanda d'une voix grave :

— Vous sentez-vous mieux, Nicole ?

— Oui, je vous remercie, fit-elle en souriant.

C'était pourtant bien vrai. Sa discussion avec Hans lui avait fait oublier momentanément les événements de l'après-midi.

Les Lewis arrivèrent de Messina après le dîner. Nicole aurait voulu s'éclipser de peur de troubler la réunion de famille ; mais quand elle s'apprêta à gagner sa chambre, Ellen protesta.

— Je tiens absolument à ce que vous fassiez la connaissance d'Ilse et de sa famille, Nicole.

Nicole resta donc. Hans lui lança un regard narquois comme elle se rasseyait. Elle se souvint de ses paroles le soir de son arrivée : il serait facile pour la jeune fille d'abuser d'Ellen et Traugott... Nicole se mit à penser à tous les événements qui s'étaient déroulés depuis son arrivée à la ferme. Auparavant, son existence s'était toujours déroulée dans le calme le plus absolu. Mais depuis qu'elle était l'hôte des Sorensen, elle n'avait vécu qu'émotions, colères, déceptions. Il fallait absolument qu'elle terminât au plus vite le portrait de Traugott.

La famille Lewis lui plut d'emblée. Ilse Lewis avait environ trente-cinq ans ; elle ressemblait beaucoup à Ellen. Peter, âgé de quelques années de plus, était un homme agréable, tranquille. Leurs deux enfants avaient les cheveux blonds de leur mère et les yeux noirs de leur père.

Nicole les observait tous avec plaisir. C'était une vraie réunion de famille. Les trois enfants étaient étendus sur le canapé ; quant aux adultes, ils étaient installés confortablement dans des fauteuils et discutaient tranquillement de choses et d'autres. Quel observateur non initié aurait pu deviner que l'un des enfants avait perdu ses parents dans des circonstances tragiques ? Que l'homme aux yeux gris avait perdu la femme aimée ? C'était la première soirée que Hans passait à la maison depuis le jour de son arrivée, songea Nicole.

La soirée se termina tôt. Peter, qui avait conduit depuis Messina, était fatigué et avait hâte d'aller au lit.

Nicole, une fois retirée dans ses appartements, prit un bain et revêtit une jolie chemise de nuit couleur abricot garnie de dentelle, cadeau de Noël de sa belle-sœur. Elle se mit au lit et ouvrit le recueil de nouvelles de Maupassant. Mais elle ne se sentait pas d'humeur à lire. Elle prit les esquisses qu'elle avait faites de Traugott et tenta de les étudier.

Elle se sentait étrangement agitée ce soir et n'arrivait pas à en connaître la cause. Etait-ce l'événement tragique de l'après-midi ? Tout en écoutant le murmure de voix enfantines venant de la chambre de Mélanie, elle tenta de deviner la raison de sa nervosité.

Impossible de trouver une solution au problème. Elle ressentait une impression de manque, de vide.

— Nicole ! s'écria Mélanie depuis la véranda.

La jeune femme mit les esquisses de côté et enfila le délicieux peignoir assorti à sa chemise avant de se rendre dans la chambre de la fillette.

La porte de la chambre de Mélanie était entrouverte et la lampe de chevet allumée. Les deux fillettes étaient dans leur lit, tandis que Martin était recroquevillé dans un fauteuil près de la fenêtre.

— Dormiez-vous, Nicole ? s'enquit Mélanie.

— Non. Que voulez-vous ?

Erika se redressa et s'accouda à ses oreillers en riant.

— Voulez-vous jouer à pigeon-vole avec nous ?

— Nous ne sommes pas obligés de dormir tout de suite et maman m'a permis de venir jouer ici, Nicole, fit Martin. Je ne dois pas vous appeler Miss Prenn, n'est-ce pas ?

— Bien sûr que non. Je jouerai avec vous avec plaisir, mais il faut me donner les règles du jeu car je ne les connais pas, avoua-t-elle en s'asseyant au pied du lit d'Erika.

C'était un jeu tout simple. Elle devait lancer rapidement le mot « vole » précédé d'un nom d'objet susceptible ou non de voler ; les enfants ne devaient lever le doigt que si la chose en question pouvait en effet voler. Nicole s'amusa beaucoup avec eux. Les trois enfants étaient intéressants et avaient des répliques intelligentes.

Quand ils eurent bien joué et qu'ils commencèrent à bâiller, Nicole leur conseilla de se mettre au lit. Martin leur souhaita une bonne nuit et s'en fut silencieusement à sa chambre. Nicole resta un moment chez les filles.

— On nous a déjà bordées plus tôt, mais pourriez-vous le faire de nouveau, s'il vous plaît ? fit Erika d'une voix endormie.

— Regardez dans quel état sont les lits ! dit Mélanie en riant.

Nicole les borda toutes les deux ; c'était la première fois de sa vie qu'elle le faisait. Sa grand-mère l'avait bordée tous les soirs de son enfance et la jeune femme n'arrivait plus à se souvenir quand s'était interrompu ce rituel.

— Vous ne le faites pas aussi bien qu'oncle Hans et tante Ellen, remarqua Mélanie de but en blanc.

— Ou que mes parents, ajouta Erika.

— Je vais apprendre, dit Nicole.

— Vous apprendrez si vous avez des enfants, affirma Mélanie. Combien d'enfants aurez-vous, Nicole ?

— Je n'y ai jamais pensé. Je dois d'abord avoir un mari, dit la jeune femme en s'apprêtant à éteindre.

— Vous marierez-vous bientôt ? demanda Mélanie. Je suis sûre que oui. Moi, j'aurai quatre enfants, deux garçons, deux filles.

— Moi aussi, murmura Erika.

Nicole rit doucement.

— Quatre enfants, c'est beaucoup de nos jours !

— C'est à cause du coût de la vie dit tante Ellen, expliqua Mélanie. Il faut être riche pour avoir beaucoup d'enfants. Mon arrière grand-père et Ulrika en ont eu dix et ils n'étaient pas riches ; mais cela s'est passé il y a très longtemps.

— Je vous laisse, maintenant, fit Nicole.

— Nicole ? dit Mélanie en soulevant la tête.

— Oui ?

— Cela vous plaît ici, n'est-ce pas ?

— Beaucoup, affirma la jeune femme. Bonne nuit.

— Bonne nuit, fit Mélanie tandis que Nicole éteignait la lampe.

Erika, à moitié endormie, marmonna quelques mots indistincts.

Nicole sortit. La lune, au-dessus des eucalyptus, éclairait la véranda d'une lueur argentée. Les arbres bruissaient sous le vent doux.

Orange, le gros matou roux, se faufila auprès de la jeune femme pour disparaître par une fenêtre entrouverte. Le silence régnait. Nicole, qui croyait toute la maisonnée endormie, sursauta quand Hans Sorensen fit irruption sur la véranda.

— Oh ! Que faites-vous ici à cette heure tardive ? Je croyais tout le monde au lit, dit-elle d'une voix haletante en s'entourant pudiquement de son déshabillé diaphane.

— Je lisais dans la bibliothèque, expliqua-t-il calmement. Que faites-vous ?

— Je vole les bijoux de famille, répliqua Nicole du tac au tac.

Hans sourit.

— J'étais avec les enfants, poursuivit-elle. Ils m'ont demandé de jouer à... pigeon-vole avec eux.

— Martin est-il retourné dans sa chambre ?

Nicole acquiesça. La clarté laiteuse de la lune illuminait ses cheveux soyeux.

— Il y a quelques instants. Vous ne l'avez pas croisé ?

— Non, dit Hans à voix basse. Et les filles? Dorment-elles? Je venais jeter un coup d'œil sur Mélanie pour voir si tout allait bien.

— Erika dormait déjà et Mélanie était sur le point de faire de même quand je les ai quittées. Le faites-vous tous les soirs?

— Jeter un coup d'œil sur Mel? Presque tous les soirs. J'aime m'assurer que tout va bien.

— Pour vérifier si elle n'est pas éveillée ou si elle ne fait pas de cauchemars?

— Oui. Mais je n'ai pas à m'inquiéter ce soir. Elle est tellement plus naturelle quand Martin et Erika sont là. Parfois je me demande si elle ne ferait pas mieux d'aller vivre chez ma cousine à Messina. Ilse et Peter seraient enchantés de l'avoir.

Mais Hans Sorensen serait-il capable de se séparer de l'enfant de Vanessa? De l'enfant de Karl? Elle l'examina à la lueur de la lune mais ne put deviner de sentiments sur les traits durs, décidés. La jeune femme se retint de lui faire part de sa découverte : Mélanie était une enfant comme les autres mais elle était naturellement impassible et calme, et de caractère indépendant comme son oncle.

— Mélanie vous aime, je crois, fit Hans à brûle-pourpoint.

— Cela vous étonne peut-être? lança Nicole.

— Vous voulez encore vous quereller, Nicole? Vous attaquez maintenant? Vous ne vous défendez plus? Vous êtes continuellement en train de décocher des traits. De quoi avez-vous si peur pour avoir cette envie perpétuelle de vous bagarrer?

— Je n'ai pas peur, chuchota-t-elle.

— Si, démentit-il, ne la quittant pas des yeux. Mais je me demande si vous connaissez la raison de vos craintes.

— Vous le savez peut-être, dit-elle d'un air moqueur.

— Craignez-vous de vous engager?

— Que voulez-vous dire ? demanda-t-elle, son cœur battant de façon désordonnée.

— Vous et moi, Nicole.

Ils s'observèrent tous deux, les yeux dans les yeux, sous la pâle clarté qui tombait de la lune. Nicole, tremblante, regardait Hans avec circonspection. Le visage de ce dernier avait revêtu une expression presque diabolique.

Hans posa ses mains sur les épaules de la jeune femme ; ses yeux gris étaient maintenant presque noirs. Nicole leva son visage, ferma les yeux et entrouvrit les lèvres pour accueillir son baiser.

Hans posa sa bouche sur celle de la jeune femme ; celle-ci, prise d'un frémissement convulsif, enlaça de ses bras minces le cou de l'homme aux yeux gris. Hans palpait son dos, ses épaules, pressait son corps ferme contre celui de la jeune femme, ne se lassant pas de l'embrasser avec frénésie.

Ils frémissaient tous les deux maintenant. Nicole sentit les doigts de Hans se glisser dans l'échancrure de son déshabillé et effleurer ses seins fermes. Elle gémit doucement tandis qu'il continuait de l'embrasser et de la caresser.

Puis, dans un effort suprême, elle s'arracha à lui.

— Non, protesta-t-elle avec véhémence.

— Nicole, murmura Hans. Je vous désire.

Celle-ci le regarda avec douleur.

— Vous me flattez, lança-t-elle d'un ton sarcastique, surtout que je ne possède ni la beauté ni le charme des Graeme.

Les yeux de Hans se firent encore plus sombres, sous l'emprise de la colère.

— Ce manque de maturité dont vous témoignez, Nicole, est-il véritable ? demanda-t-il d'une voix glaciale. Ou jouez-vous la comédie pour embêter les gens ?

— Je ne comprends pas ce que vous voulez dire !

s'exclama-t-elle, furieuse. Vous parlez toujours par énigmes et j'en ai assez !

— Vraiment ? Et moi, j'en ai assez de votre bavardage infantile... s'il est sincère, ajouta-t-il d'un ton moqueur.

— Nous ferions mieux, alors, de terminer cette conversation, rétorqua-t-elle.

— En effet, puisqu'elle ne nous mène nulle part, approuva-t-il d'une voix froide. Allez vous coucher, Nicole. Bonne nuit.

Nicole, serrant son déshabillé contre con corps mince, obéit. Elle gagna sa chambre et ferma sa porte. Elle était furieuse et contre Hans et contre elle-même. Une fois au lit, elle se demanda comment elle aurait le courage de lui faire face le lendemain. La jeune femme était à la fois humiliée et stupéfaite de sa propre réaction. Que lui était-il donc arrivé ?

Comment cela avait-il débuté ? se demanda-t-elle avec désespoir. Jamais auparavant elle n'avait connu de telles complications. Son existence avait toujours été des plus simples : elle avait sa famille, ses amis, sa peinture, bref, une vie tranquille, harmonieuse, sans heurt, sans crainte. Elle ne comprenait décidément plus rien.

La jeune femme saisit son carnet de croquis et se mit à dessiner rapidement par touches vives précises. Mais quand elle examina ses dessins, elle se rendit compte que les esquisses représentaient toutes la même personne. Une première d'un homme au visage mat, aux yeux clairs ; une deuxième du même homme au physique viril... la troisième, une silhouette vague... tel qu'elle avait perçu Hans sur la véranda au clair de lune.

Elle rejeta le carnet avec un profond mécontentement et éteignit la lampe. Sa nervosité l'empêchait toutefois de se détendre. Elle ressentait maintenant la même impression de vide qu'elle avait éprouvée plus tôt dans la soirée et elle se mit à pester intérieurement contre

Hans Sorensen en particulier et tous les habitants du Soutpansberg en général. Que lui arrivait-il donc ?

Nicole fit un effort pour se concentrer sur les événements agréables de son existence, mais l'épisode de la soirée lui revenait constamment à l'esprit.

Elle finit par s'endormir, glissant dans un sommeil profond et sans rêve.

Quand elle se présenta à table le lendemain matin, Hans était déjà parti. Nicole en fut soulagée. Et s'il avait été là ? réfléchit-elle. Elle avait tout de même suffisamment de présence d'esprit pour lui faire face sans se troubler, malgré les événements de la veille ! Non, elle n'aurait pas eu ce sang-froid, lui souffla une petite voix au fond d'elle-même.

La séance de pose fut reportée au lendemain car Ellen avait demandé à Traugott de faire quelques courses à Louis Trichardt en prévision du braaivleis.

— Cela ne presse pas, n'est-ce pas, Nicole ? demanda le vieillard après le petit déjeuner. Je dois donner un coup de main. Les femmes ont beaucoup de préparatifs à faire et Hans fait l'inspection de la ferme. Peter et moi devons absolument aller à la ville.

— Ne vous inquiétez pas pour moi, fit Nicole, bien qu'en son for intérieur elle rongeât son frein.

Elle voulait terminer ce portrait et retourner à sa petite existence paisible de Johannesburg. Plus longtemps elle resterait ici, moins elle pourrait résister au magnétisme puissant et insidieux de Hans Sorensen. Elle avait envie de se retrouver dans sa maison, chez son père... de passer ses matinées à peindre, ses après-midi à se prélasser dans la piscine et à visiter des galeries... La jeune femme avait la nostalgie de tout ce qui lui était cher et familier, de son père, de ses amis. Car elle avait une peur intense de ses nouvelles émotions. Elle ne se reconnaissait plus.

— Nous allons vous trouver une occupation, Nicole, ne vous inquiétez pas ! dit Ellen. Plus vous mettrez de temps à faire le portrait de mon mari, plus nous serons ravis, lui et moi. Nous sommes si heureux de vous avoir parmi nous !

Nicole, émue, devint cramoisie.

— Que puis-je faire ? demanda-t-elle quand Traugott fût parti en compagnie de Peter Lewis.

— Je le sais, moi, maman ! Elle peut empêcher les enfants d'être dans nos jambes, fit Ilse en riant. Est-ce que cela vous dérangerait ? ajouta-t-elle en se tournant vers Nicole. C'est une corvée, mais vous réussirez probablement beaucoup mieux que nous parce qu'ils ne vous connaissent pas encore très bien. Pourriez-vous les emmener dehors ? Les enfants se font un plaisir de nous embêter quand nous sommes occupées !

Nicole passa une bonne partie de la journée à l'extérieur, en compagnie des enfants, heureuse de ne pas avoir à faire face à Hans. Elle s'entendait à merveille avec les petits, malgré son manque d'expérience. Elle s'était auparavant toujours sentie un peu nerveuse en présence d'enfants. Ces trois-ci étaient tous différents. Martin était indépendant, sûr de lui ; il aimait faire part de ses connaissances à Nicole et aux filles. Mélanie était toujours aussi flegmatique. Quant à Erika, c'était une fillette d'un heureux naturel.

Cette dernière prit la main de Nicole pour faire une promenade jusqu'aux eucalyptus.

— J'ai hâte d'être au braaivleis, ce soir. L'un des garçons invités est l'amoureux de Mélanie.

— Non, ce n'est pas mon amoureux, nia l'enfant calmement.

Elle changea le cours de la conversation avec habileté.

— Qui est votre amoureux, Nicole ? poursuivit l'enfant.

— Je n'en ai pas dans le moment, répliqua la jeune femme. Je n'ai que des amis.

— Mais vous en avez déjà eu un ?

— Oh, oui.

— Et vous en aurez un de nouveau, n'est-ce pas ? fit Erika avec inquiétude.

— Probablement, dit Nicole.

Elle sourit en voyant l'expression ennuyée de Martin. Les filles se passionnaient en effet pour ce sujet beaucoup plus tôt que les garçons.

Ce soir-là, dans sa chambre, elle passa en revue les vêtements qu'elle avait apportés de Johannesburg. Elle ne tenait pas à être habillée avec trop de recherche pour le braaivleis... mais, Denise Graeme était invitée et serait probablement ravissante. Une jupe ou une robe longue, avait dit Ellen.

La jeune femme choisit une jupe bleue, étroite, et une blouse blanche décolletée garnie de rubans de couleurs vives ; elle aimait particulièrement ce corsage car il lui rappelait la blouse de paysanne roumaine figurant dans quelque tableau de Matisse.

Elle s'était fait un shampooing au cours de l'après-midi et ses cheveux ondulaient maintenant soyeusement sur ses épaules. Elle mit une chaîne en or à son cou, appliqua une touche de parfum derrière ses oreilles, à la naissance de sa gorge et brossa sa lourde chevelure auburn avant de se regarder une dernière fois dans la glace.

Mince, le teint hâlé, les seins hauts, Nicole trouvait cependant ses pommettes trop saillantes, son menton trop pointu.

La jeune femme se sentit ridicule de s'examiner ainsi. Jamais elle ne s'était préoccupée de son apparence physique ; pourquoi commençait-elle maintenant ?

Elle quitta sa chambre, traversa la véranda et pénétra dans le salon avec grâce.

Une fois dans la pièce, son cœur se mit à battre la chamade et elle se sentit défaillir.

Hans était là et l'attendait. Il fit un pas vers elle, la regardant de ses étranges yeux gris.

Nicole, tremblante d'émotion, sentit ses ongles pénétrer dans les paumes de ses mains.

— Vous avez oublié l'heure. La plupart des invités sont arrivés et tout le monde est là-haut, aux feux. Ou peut-être tentiez-vous de vous armer de courage ?

— Pourquoi ? demanda-t-elle. Ce n'était pas nécessaire de m'attendre !

— Je suis votre hôte, lui rappela-t-il avec un regard amusé.

— Vous vous en êtes souvenu ! rétorqua-t-elle d'un ton sarcastique. Mais j'aurais aussi bien pu m'y rendre toute seule !

— Ce sont les femmes comme vous qui découragent les hommes d'être galants, dit-il. Allons-y.

Il faisait nuit. Nicole trébucha et Hans passa son bras sous le sien pour l'aider. La jeune femme se remémora aussitôt ses caresses de la nuit précédente et, effrayée par sa propre faiblesse, se détacha rapidement de lui.

— Indépendante ? remarqua-t-il d'une voix lente. Ou effrayée ? De quoi avez-vous peur, Nicole ?

— Je n'ai pas peur, protesta-t-elle, tout en souhaitant que sa voix s'arrête de trembler.

— J'avais bien raison, continua-t-il inexorablement. Vous craignez de vous engager.

— Je ne vous comprends pas.

— Vous ne voulez pas vous engager à mes conditions.

— Sous aucune condition, rétorqua Nicole avec véhémence.

— Pourquoi ? s'enquit-il d'une voix tranquille.

— Oh ! Taisez-vous et laissez-moi ! s'exclama-t-elle d'un ton impoli, stupéfaite d'être incapable de se dominer.

— Calmez-vous et prenez la vie moins au sérieux, conseilla-t-il d'une voix glaciale. Ou bien seriez-vous encore en train de me jouer la comédie ?

— Pourquoi ne serais-je pas sincère ? s'enquit-elle.

— Vous l'êtes peut-être, fit-il en feignant de réfléchir. Quand êtes-vous née ? Si vous êtes Gémeaux, vous êtes toute excusée car, d'après Ellen, les gens natifs du Gémeaux ont une double personnalité... une personnalité changeante. Où est la vérité et où est l'illusion ?

Il la ridiculisait. Nicole le détesta.

— Je ne suis pas Gémeaux, fit-elle sèchement.

— C'est bien ce que je pensais. Donc, tout est calculé, n'est-ce pas ? s'enquit-il d'une voix menaçante. Je vous avertis, Nicole, vous ne réussirez pas. Je n'apprécie guère les petites intrigues féminines.

Elle haussa les épaules avec impuissance.

— Qui parle d'intrigues ?

Ils continuèrent leur chemin en silence jusqu'aux frênes où avait lieu la fête.

Nicole était bouleversée ; elle n'arrivait plus à maîtriser ses pensées. Hans... son désir inassouvi de la nuit précédente. Elle avait senti ce désir... et il le lui avait avoué. La jeune femme savait que, tôt ou tard, elle finirait par succomber.

La veille au soir... elle ne pouvait en effacer le souvenir de son esprit. On l'avait déjà embrassée souvent mais jamais un homme n'avait éveillé en elle une telle passion, comme celle qu'elle avait éprouvée sur la véranda... jamais un homme ne lui avait inspiré ce désir ardent qui avait embrasé tous ses sens.

Les arbres étaient illuminés de lampions. La viande grillait sur les feux. On avait dressé une grande table : boissons, pains, sauces épicées y étaient disposés à profusion. Dans une immense corbeille s'empilaient de grandes tranches de pastèque.

— Hans, tenta Nicole comme ils arrivaient.

Elle ne savait comment s'exprimer mais elle sentait qu'il fallait dire quelque chose.

— Oubliez cela, Nicole, fit-il froidement. Je ne croyais pas que vous auriez des réactions aussi infantiles.

La jeune femme tressaillit en entendant sa voix glaciale. Humiliée, cherchant à deviner le sens de ses paroles, elle s'efforça de lancer d'un ton désinvolte :

— Eh bien, vous faites une meilleure affaire avec la petite écolière de dix-huit ans qui vient à votre rencontre. Elle a sûrement plus de maturité que moi !

— Si j'en ai envie, je suivrai votre conseil, répliqua-t-il avec un humour cinglant. Denise a tout probablement beaucoup plus à offrir que vous.

Todd Baxter, lui aussi, avait laissé entendre que Denise Graeme avait plus de maturité qu'elle, se remémora Nicole avec ressentiment.

— D'après vous, tout ce qui compte, c'est ce qu'une femme a à offrir, dit-elle à voix basse, avec une colère contenue. Et vous, n'avez-vous rien à donner en échange ?

Hans tourna la tête et examina la jeune femme.

— Si vous sous-entendez l'épisode d'hier soir... je vous ferai remarquer que vous me désiriez autant que moi je vous désirais, observa-t-il.

Nicole, en l'entendant faire ouvertement allusion à leur désir partagé, se sentit les joues brûlantes.

Denise, plus élégante que jamais, s'approcha d'eux. Elle portait un chemisier écarlate sur une jupe longue couleur crème.

— Hans ! s'exclama-t-elle, se penchant à son bras d'un geste jeune et aguichant. Où étiez-vous ? Je m'inquiétais.

— J'avais des choses à régler, fit Hans avec un sourire indéchiffrable.

— Racontez-moi, implora la jeune fille. Oh ! bonsoir, Nicole, ajouta-t-elle comme si elle venait tout juste de s'apercevoir de sa présence.

— Bonsoir, dit Nicole poliment. Je vous prie de m'excuser.

Et ce disant, elle se dirigea vers un groupe près des feux.

— Vous voilà enfin, Nicole, dit Traugott tout en retournant une côtelette d'agneau grésillante à l'aide d'une grande fourchette. Que préférez-vous ? Bifteck, côtelette, saucisse épicée ?

— Oh, des saucisses, s'il vous plaît, répondit la jeune femme.

— Une vraie Sud-Africaine, la taquina Traugott.

— Je les adore grillées et accompagnées de sauce piquante, expliqua-t-elle en riant.

— Moi aussi, fit Peter Lewis tout en dégustant une salade de poivrons et d'ananas. Puis-je les faire griller pour vous ?

— S'il vous plaît.

Nicole regarda les hommes réunis autour du feu. Ils semblaient tous croire que la cuisson sur le feu de bois était une prérogative masculine. Et tous se piquaient d'être des experts. D'après Peter Lewis, il fallait arroser la viande de bière pour en rehausser la saveur ; Traugott, lui, la préférait sans apprêt.

Des champignons, enveloppés dans des feuilles d'aluminium, cuisaient lentement dans leur jus directement sur les bûches. Comme boisson, il y avait de la bière, du vin et des jus de fruits. Un peu plus tard, on servirait un café bien fort puis tous s'assoiraient autour des feux pour bavarder. Un fermier afrikaner avait apporté son accordéon et entrepris de jouer une musique entraînante.

Nicole adorait les braaivleis, une institution typiquement sud-africaine. Cependant, la fête avait beau être réussie, elle n'arrivait pas à s'amuser franchement. La jeune femme était tendue et elle cherchait constamment des yeux Hans que Denise ne quittait pas d'une semelle.

On lui présenta Henriette Baxter, une femme au visage ordinaire âgée de près de trente ans. Celle-ci surveillait continuellement son mari qui discutait maintenant avec Peter et Ilse. Nicole la surprit en train de regarder avec douceur le groupe d'enfants formé de

Mélanie, des petits Lewis et de quelques autres. Mme Baxter voulait des enfants, c'était évident, songea Nicole. Un bébé atténuerait peut-être le chagrin que lui causait Todd. Mais celui-ci ferait-il un bon père ? La paternité arriverait-elle à le transformer à ce point ?

Todd aborda Nicole un peu plus tard.

— Chère Nicole, bonsoir. Vous vous amusez ?

— Oui, je vous remercie, assura-t-elle brusquement.

Malgré sa bonne volonté, la jeune femme ne pouvait supporter Todd Baxter.

— J'aimerais vous voir davantage, poursuivit-il à voix basse. Si nous allions faire une randonnée en montagne, demain ? Vous n'allez tout de même pas travailler le dimanche ?

— Je n'en sais rien ; mais je suis sûre d'une chose : c'est que je ne veux pas sortir avec vous, Todd, fit-elle calmement.

— Ah, Nicole, comme nous nous amuserions ensemble, pourtant ! Je suis un ami de Johannesburg, vous devriez être heureuse de me voir, tenta-t-il de la persuader.

— Nous ne sommes pas des exilés, même si vous semblez le croire, rétorqua-t-elle sèchement.

— Pourtant, j'en ai souvent l'impression, soupira-t-il. Après une semaine dans ce pays perdu, je m'ennuie terriblement de la ville. Quand nous serons à Johannesburg, nous sortirons ensemble, vous et moi ; il y a beaucoup plus d'activités là-bas.

— Vous avez pourtant choisi d'épouser une femme qui habite cette région-ci, remarqua Nicole froidement, consciente que Hans et Denise les observaient de loin.

Denise se pencha vers Hans et lui glissa quelques mots à l'oreille ; celui-ci se mit à rire. La jeune femme n'osa pas tourner la tête pour vérifier si Henriette les regardait.

— J'irai vous chercher demain, Nicole ; je vous

montrerai quelques jolis coins à peindre dans les alentours.

— La ferme me suffit.

— Allez, Nicole, nous nous entendrions à merveille si nous nous connaissions davantage, vous et moi, j'en suis persuadé, insista Todd. Après tout, ne suis-je pas un ami de votre père ?

— Je doute fort qu'il vous considère comme tel, répliqua-t-elle impoliment. Non, Todd, je ne veux aller nulle part avec vous. Mettez-vous bien cela dans la tête.

— Chère Nicole...

— Décidément, vous êtes tenace, l'interrompit Nicole d'une voix amusée mais glaciale.

Ses yeux noisette avaient pris soudain une expression moqucuse :

— Pourquoi embêtez-vous les filles, Todd ? Laissez-nous donc tranquilles. Vous refusez à tout prix de vieillir ; mais un beau matin, vous vous rendrez compte que vous êtes un adulte et non plus un gamin. C'est inévitable.

— Vous avez la langue acérée, Nicole, je crois vous l'avoir déjà dit, fit-il, décontenancé.

— J'en ai besoin, en votre compagnie, rétorqua-t-elle sèchement.

— Ce n'est pas gentil de rire des autres, protesta-t-il d'un ton pathétique.

— Mais vous êtes très drôle, mon petit Todd. Comme vous insistez pour vous comporter comme un gamin lâché pour la première fois parmi les membres du beau sexe, je vais vous traiter comme vous le méritez. Allez, mon petit Todd, filez ; vous m'ennuyez.

La jeune femme eut du mal à retenir son rire à la vue de l'expression outragée de Todd.

— Faites attention, Nicole. Avec cet humour cruel, vous perdrez tous vos amis, lança-t-il avec colère avant de la quitter.

Nicole le regarda aller. Elle avait frappé juste en

disant qu'il refusait à tout prix de vieillir. C'était un homme terrifié à l'idée de mûrir, incapable d'assumer ses responsabilités. Jamais il ne se serait marié si Henriette n'avait eu cette fortune. Il serait encore célibataire et, au demeurant beaucoup plus heureux. Le mariage lui donnait l'impression d'être vieux, alors qu'en somme il n'avait que trente ans. Que lui réservait le destin ?

A moins qu'Henriette eût un enfant, ce qui le ferait peut-être vieillir émotivement, Todd continuerait sans aucun doute à mener la même existence pendant des années, jusqu'à ce que les jeunes filles se mettent à le traiter de vieux beau. Les hommes tels que Todd acceptaient rarement la maturité. La vieillesse effrayait certes bien des gens ; mais chez lui, cette crainte revêtait des proportions exagérées.

Que réservait donc le destin à Todd Baxter ? se demanda Nicole une seconde fois.

[illegible] tout de [illegible] [illegible]
[illegible]
[illegible]
[illegible] cette [illegible]
[illegible] et en conformant la [illegible] Le
[illegible] l'homme [illegible]
[illegible] que [illegible]
le destin.

[illegible]
[illegible]
[illegible]
[illegible] que les [illegible]
[illegible] Les hommes [illegible]
[illegible]
[illegible]
[illegible]

[illegible]
[illegible]

5

Le lendemain matin, Nicole accompagna Ellen Sorensen et Peter Lewis à l'église méthodiste de Louis Trichardt.

— Les Sorensen, eux, sont Luthériens, expliqua Ellen.

A leur retour, Nicole alla directement à sa chambre, se demandant si Traugott s'attendait à ce qu'elle travaille à son portrait un dimanche.

Elle se rendit ensuite au salon, mais, aussitôt dans la pièce, s'immobilisa. Hans était au piano et produisait une série de sons discordants. Il se leva en apercevant la jeune femme.

— Eh bien ? demanda-t-il d'un ton sévère.

— Eh bien, quoi ? rétorqua Nicole, déterminée à ne pas lui laisser deviner le pouvoir qu'il exerçait sur elle.

— Je n'ai pas eu l'occasion de vous parler davantage hier soir, fit-il.

— Non, vous étiez absorbé par Denise. Je ne suis pas aveugle, répliqua-t-elle sèchement.

— Denise, elle, au moins, ne sent pas continuellement le besoin de m'agresser, remarqua Hans avec une lueur d'humour dans ses yeux clairs.

— Quelqu'un devrait donc l'avertir, suggéra la jeune femme.

— L'avertir de quoi ? s'enquit-il en s'appuyant nonchalamment au piano.

— Oh ! Je ne sais pas ! soupira-t-elle avec exaspération en haussant les épaules. A mon avis, personne ne peut trouver bien intéressante une relation avec vous.

— Qu'est-ce qui vous donne cette impression ? Comment pouvez-vous prétendre me connaître si bien alors que vous n'êtes ici que depuis peu de temps ?

Les yeux noisette de la jeune femme prirent une expression à la fois furieuse et confuse.

— J'ai découvert pas mal de choses à votre sujet.

— Par exemple ?

— Est-ce bien important ? fit-elle.

— Au contraire, cela m'intéresse, dit-il d'un ton narquois.

Nicole lissa avec nervosité les plis de sa jupe jaune.

— Vous n'avez jamais pu oublier le passé, Hans, fit-elle d'une voix tendue, désireuse de le blesser. J'ai pitié de cette jeune fille. Elle se demandera toujours si vous n'êtes pas en train de penser à sa sœur en la regardant. N'est-ce pas à cause de sa ressemblance avec Vanessa que vous êtes presque fiancé avec Denise ?

Nicole avait voulu lui faire mal mais elle ne réussit qu'à le mettre en colère.

— Vous mêlez-vous toujours de la vie privée des gens ? répliqua-t-il.

— Vous m'avez posé une question, lui rappela-t-elle.

— Je vous prierai de ne plus jamais parler de Vanessa, ordonna-t-il d'un ton glacial. Vous ne l'avez jamais connue. Les relations entre elles et moi ne vous regardent aucunement. Je voulais vous parler, fit-il brusquement.

— Y a-t-il quelque chose à ajouter ? demanda-t-elle froidement.

— A ce que vous disiez, non ! Je n'ai pas envie de discuter avec une personne qui exagère à ce point. C'est plutôt au sujet de votre attitude avec Baxter hier soir.

Vous avez passé beaucoup de temps ensemble au braaivleis.

Nicole éclata d'un rire méprisant.

— Mon attitude ! Eh bien, c'est plutôt vous qui exagérez, non ? Todd et moi avons discuté quelques instants, un point c'est tout. De plus, si vos affaires de cœur ne me regardent pas, comme vous venez de le souligner... montrez donc l'exemple !

— Aussi longtemps que vos affaires de cœur se dérouleront chez moi, cela me regardera, affirma Hans. Ailleurs, chez votre père par exemple, cela ne me regarde pas ; mais je ne veux pas que vous vous affichiez avec Baxter sur ma propriété.

— Etes-vous si vertueux que vous puissiez vous permettre de me condamner ? demanda la jeune femme avec amertume.

— Ce n'est pas une question de vertu, lança-t-il. Auriez-vous oublié la présence d'Henriette, hier soir ? Je n'aime pas qu'elle se sente humiliée... surtout chez moi. Elle vous surveillait tous les deux. Que faisiez-vous donc ? Je croyais votre aventure bel et bien terminée ?

— Elle l'est, fit Nicole.

La jeune femme était d'autant plus furieuse que Hans se souciait des sentiments d'Henriette Baxter. Pourquoi donc avait-elle accepté de jouer ce jeu avec Todd ? C'était au bénéfice de Hans, évidemment ; de Hans et de la jeune fille qui partagerait probablement un jour sa vie.

— Me suis-je exprimé clairement ? dit-il après un moment.

— Très clairement, affirma-t-elle dignement en se préparant à quitter la pièce. Jamais je n'ai détesté quelqu'un autant que je vous déteste, ajouta-t-elle.

— Malheureusement, cela ne m'émeut guère. Qu'attendez-vous ? Que je prenne une figure d'enterrement ?

— Je ne m'attends à rien de l'incarnation du diable, lança la jeune femme avant de sortir.

Elle traîna sa fatigue et son abattement toute la journée. Même Mélanie et les petits Lewis n'arrivaient pas à la distraire. Son existence avait été jusqu'à aujourd'hui si simple, si facile qu'elle se sentait complètement désorientée face aux événements récents : l'attitude de Hans à son égard, les conflits perpétuels entre eux, les mensonges dans lesquels elle s'était empêtrée pour Denise...

Hans était partiellement sinon entièrement responsable de son état d'esprit. Nicole n'arrêtait pas de penser à lui ; l'attitude glaciale de l'homme aux yeux gris la blessaient profondément. Hans ne s'adressait maintenant à elle qu'en cas d'extrême nécessité, et toujours avec une indifférence froide. Elle aurait préféré la guerre ouverte.

La jeune femme le détestait ! Et pourtant, elle ne cessait de penser à l'aventure de Vanessa et de Hans, elle ne pouvait oublier sa bonté envers Henriette Baxter.

Au cours de l'après-midi, Nicole prit son carnet de croquis et alla s'installer sur la pelouse entre la maison et les eucalyptus. Mais elle n'arrivait pas à se concentrer sur la beauté qui l'entourait. Elle ne pensait qu'à terminer le portrait de Traugott et à fuir cet endroit où elle n'avait connu que bouleversement et confusion.

Un peu plus tard, toute la maisonnée se réunit dans l'avenue pour saluer la famille Lewis. La petite Erika embrassa Nicole avant de monter dans la voiture.

— Je suis contente de vous connaître, Nicole, fit l'enfant.

Les sourires de son frère et de ses parents vinrent corroborer les paroles de la fillette.

Comme la voiture démarrait, Hans murmura cyniquement :

— Il semble que vous ayez eu sur eux le même effet que sur Traugott et Ellen !

Nicole fit volte-face.

— Qu'est-ce que cela signifie ?

— Ils vous aiment déjà, dit-il avec un sourire glacial.

— Comme j'ai l'intention de quitter cet endroit aussitôt le portrait de Traugott terminé, et ce le plus tôt possible j'espère, personne n'aura suffisamment de temps pour apprendre à m'aimer, souligna-t-elle froidement.

— Vous croyez vraiment que l'amour met du temps à s'épanouir ? demanda-t-il.

— Evidemment. Il faut connaître quelqu'un à fond avant d'en tomber amoureux, affirma la jeune femme.

Elle crut entendre Hans pousser un soupir.

— Ou bien vous n'êtes qu'une enfant ou bien vous n'avez jamais réfléchi, fit-il avec résignation. Que faites-vous du coup de foudre ?

— Je n'y crois pas.

— Comme vous êtes sensée ! Comme vous êtes bien équilibrée ! dit Hans d'une voix lente. Et si le premier choc que l'on éprouve en rencontrant une personne s'avère plus fort, plus puissant qu'une relation qui se développe lentement ?

— Cela ne se passe pas ainsi.

— Vous êtes une petite sotte, lança-t-il avec mépris.

— Pourquoi me haïssez-vous à ce point ? demanda-t-elle tout bas, d'une voix intense. Qu'ai-je fait ? Vous ne pouvez me détester uniquement à cause de... de mes relations passées avec Todd, uniquement parce que vous croyez... que j'ai eu une aventure avec lui. Ce n'est pas une raison valable.

— Ça y est, vous vous mettez de nouveau à exagérer. Pourquoi faut-il toujours que vous dramatisiez ? fit Hans d'un ton méprisant. Je ne vous déteste pas, petite fille. Je n'aime tout simplement pas votre stupidité, votre infantilisme. Disons plutôt que vous m'êtes indifférente... à cause de votre comportement.

Et sur ces paroles, il la quitta. Nicole rageait intérieurement. Mais, au fait, pourquoi se préoccupait-elle à ce point ? Plus vite elle partirait d'ici mieux ce serait, décida-t-elle en retournant à la maison.

Hans sortit immédiatement après le dîner. Pour voir Denise, supposa Nicole. Aussitôt qu'il fût parti, la jeune femme demanda d'utiliser le téléphone afin d'appeler son père à Johannesburg, espérant de tout son cœur qu'il serait à la maison. Elle avait grandement besoin d'entendre sa voix.

— Papa ! s'écria-t-elle avec soulagement quand il répondit.

— Ma petite Nicole ! s'exclama Robert Prenn. Comment vas-tu, ma chérie ? Et le portrait ?

— Le portrait avance, répondit-elle. Quand je ne suis pas en train de peindre, je doute des résultats. Mais, je suis incapable de juger mes œuvres avec objectivité avant qu'elles soient terminées, je le sais très bien.

— C'est fort sage, répliqua-t-il. Tu réussiras, j'en suis sûr. Et le vieux Monsieur Sorensen, comment est-il ?

— Merveilleux. Il a beaucoup de caractère, c'est pourquoi j'aime bien le peindre, dit Nicole avec chaleur. Et toi, papa, comment vas-tu ?

— Je suis allé plusieurs fois dans le Magaliesberg depuis ton départ.

— Tu t'arranges bien ? Robina est-elle venue de Soweto ?

— Oui ; la maison est impeccable et je ne crève pas de faim, si c'est cela qui t'inquiète, répondit son père.

— Tu ne te laisserais pas mourir de faim, je le sais fort bien, fit Nicole en riant. Tu aimes trop ton petit confort. Comment vont Félix et Timothée ?

— Tes chats sont en pleine forme. Comme tu n'es pas là pour les gâter, ils profitent un peu de moi. Timothée passe ses journées sur mon lit à dormir.

— S'ils sont bien nourris, c'est tout ce qui m'importe, répondit Nicole. J'ai apporté un chat chez les Sorensen. Ils en avaient déjà trois mais je pouvais difficilement laisser la pauvre bête mourir d'inanition. Elle n'a que huit ou neuf semaines.

— Je te reconnais bien là, ma petite Nicole, dit Robert Prenn en riant. Comment les Sorensen l'ont-ils accepté ?

— Je ne sais pas, fit Nicole.

Elle se rappelait la réaction de Hans. Après tout, c'était sa maison.

— Je leur ai promis que je l'emporterais avec moi s'ils n'en voulaient pas, poursuivit-elle. Cependant, elle s'est très bien adaptée et les autres chats l'ont bien accueillie ; c'est une chatte, soit dit en passant. Il y a également un énorme siamois, un tigré et un gros rouquin.

— Arrête de parler des chats, parle-moi plutôt des Sorensen, ordonna Robert Prenn. Que penses-tu de Hans, le neveu ?

Nicole hésita. Que pensait-elle de Hans ?

— Je ne l'aime pas et il me prend pour une sotte.

— Parce que tu ne l'aimes pas ?

— Oh, non ! Il me trouve stupide, il me l'a dit.

— Tiens donc ! fit son père en riant. Vous vous entendrez sûrement à merveille si vous vous détestez.

— Nous nous entendons si bien que nous sommes toujours en train de nous quereller, dit Nicole sèchement.

— Je l'ai bien aimé quand j'ai fait sa connaissance à la fête, la veille du Jour de l'An. Mais en effet, il m'a semblé être le genre d'homme à avoir toujours gain de cause. Peut-être ferais-tu mieux de l'éviter, suggéra Robert Prenn qui n'arrêtait pas de rire.

— C'est bien mon intention, assura Nicole.

— Que s'est-il passé ? Est-ce un cas d'antagonisme aigu ?

— Si tu veux, oui.

La jeune femme n'avait pas envie d'avouer à son père

que Hans avait déjà eu le loisir de se former une opinion à son sujet avant son arrivée à la ferme.

— Et les autres membres de la famille ?

— Ellen et Traugott sont très sympathiques. Mélanie aussi ; c'est la nièce de Hans. La fillette et moi avons échappé de justesse à un chien enragé l'autre jour.

— Nicole ! Que s'est-il passé ? s'écria Robert Prenn, horrifié.

— Eh bien, il se dirigeait vers nous ; j'ai aidé Mélanie à escalader un mur très escarpé puis le chien s'est assommé sur ce même mur, expliqua-t-elle succinctement de crainte de l'effrayer davantage. J'ai vu Todd Baxter. Sa femme a une ferme dans la région, je ne le savais pas. Elle était au braaivleis des Sorensen, hier soir.

— Tu as donc une vie sociale bien remplie.

Ils bavardèrent encore un moment et raccrochèrent. Néanmoins, cette conversation, contre toute attente, n'avait pas remonté le moral de la jeune femme.

Nicole retourna au salon et observa tristement Ellen et Traugott qui jouaient aux échecs. Leur union était réussie, heureuse. Ils étaient toujours amoureux malgré les années.

Certaines personnes avaient beaucoup de chance, songeait Nicole avec envie. Mais pourquoi réagissait-elle de cette façon ? Elle aussi était favorisée par le sort.

L'école recommença le jour suivant et Mélanie ne resta plus à la maison le matin.

Nicole aimait bien la vie à la ferme. Les journées passaient rapidement. Elle aidait à la cuisine ou s'asseyait sur la véranda pour entendre Traugott raconter ses souvenirs. La petite chatte noire, baptisée Noiraude, grossissait à vue d'œil.

Nicole apprit à se familiariser avec la nature. Si, le soir, le ciel était ambré, un brouillard épais entourerait le lendemain la maison. Cela arrivait rarement, et le soleil brillait habituellement dans un ciel sans nuage.

Quand le temps était brumeux, il n'y avait pas de séance de pose. Nicole en profitait pour explorer les alentours ; elle se rendit à Louis Trichardt pour y admirer les églises, les jolis jardins, les vieux monuments.

Un matin, en rentrant à la ferme à la suite d'une excursion, elle aperçut dans son rétroviseur une voiture qui la suivait. C'était la familiale de Hans ; il était au volant. La jeune femme se sentit tout à coup nerveuse ; ses mains moites arrivaient à peine à tenir le volant et elle se mit à rouler à pas de tortue jusqu'à la ferme. Nicole gara la voiture et en sortit. Comme elle se dirigeait vers la maison, Hans lui emboîta le pas.

— Vous ne conduisez pas très bien, n'est-ce pas ?

— Il est impossible de tout réussir à la perfection, répliqua-t-elle d'un ton maussade.

— Vous sortez souvent. Où le rencontrez-vous ? demanda Hans froidement.

Nicole s'arrêta et se tourna vers lui, les yeux brillants de colère.

— Je ne sors pas pour rencontrer Todd Baxter, comme vous semblez le suggérer, fit-elle d'une voix tendue. Je ne l'ai pas vu depuis le braaivleis.

— Où allez-vous dans ce cas ? s'enquit-il avec une telle indifférence que Nicole se mordit la lèvre.

— J'explore les environs.

— Vraiment ? répliqua-t-il d'un ton sceptique.

— Oui, vraiment ! rétorqua-t-elle, furieuse. Vous ne me croyez évidemment pas et ça m'est bien égal. Ellen et Traugott, eux, me croient sur parole. Ils sont tolérants, ce qui n'est pas le cas de tout le monde dans cette maison.

— Mais de qui parlez-vous donc ? s'enquit-il d'un ton amusé.

— Comme si vous ne le saviez pas !

— Pourquoi êtes-vous toujours si agressive ? demanda Hans comme ils approchaient de la maison.

— Je ne sais pas, soupira-t-elle avec candeur.

— Moi, je le sais. Vous vous y prenez mal, Nicole. Vous allez vous consumer en agissant de la sorte. Ce serait beaucoup plus simple d'accepter l'inéluctable. Comme vous ne pouvez être totalement maîtresse de votre destin, détendez-vous et arrêtez de vous débattre.

— Je ne sais pas de quoi vous parlez, Hans, fit-elle en montant l'escalier menant à la véranda.

— Vous le savez très bien, au contraire, mais vous feignez de l'ignorer, dit-il en lui ouvrant la porte.

— Que dois-je faire, dans ce cas ? demanda la jeune femme d'un ton cassant.

— Je viens de vous le dire. Détendez-vous et acceptez l'inéluctable.

— Je ne vous aime pas, fit-elle sèchement comme ils traversaient le hall.

— Ça y est, vous recommencez à dramatiser, railla Hans.

— Ça y est, vous recommencez à vous moquer de moi, rétorqua Nicole.

Elle éclata de rire et se tourna vers lui.

— Notre conversation est la preuve même de notre incompatibilité. Nous sommes incapables d'être aimables l'un envers l'autre.

— Parce que vous luttez contre vos sentiments, souligna-t-il.

— C'est contre vous que je lutte... je n'ai pas le choix car vous m'attaquez sans arrêt, fit-elle.

— Vous êtes passée maîtresse dans l'art de refuser de voir la vérité en face.

— Vous avez tort, déclara la jeune femme en pénétrant dans le salon. Nous n'avons pas la même définition de la vérité, voilà tout.

— Donc, d'après vous, nous devrions avoir non seulement des affinités physiques, mais également des affinités émotives ? s'enquit-il avec une lueur d'humour dans ses yeux gris.

Nicole, fascinée, l'observait. Puis, surmontant son émoi :

— Bien sûr. Peut-être ne comprenez-vous pas parce que vous êtes trop vieux. A mon avis, les hommes qui ont atteint votre âge sans jamais se marier deviennent durs et cyniques. Peut-être avez-vous oublié que les jeunes sont perpétuellement en quête de merveilleux. Moi, je suis encore jeune, Dieu merci.

— Donc, d'après vous, je suis si vieux que cela ? J'ai trente-sept ans. Mais peut-être est-ce vous qui êtes trop jeune !

— Vous voulez dire que Denise, elle, ne vous trouve pas trop âgé, dit Nicole d'une voix glaciale. Eh bien, je lui souhaite bonne chance. Personnellement, je n'aurais pas aimé vieillir trop vite comme cela lui est arrivé. Evidemment, quand on prend la place d'une femme morte, cela doit faire vieillir d'un seul coup.

La jeune femme prit peur en voyant s'assombrir soudain les yeux de Hans.

— Je vous ai déjà dit de ne plus jamais parler de Vanessa, lança-t-il avec une colère contenue.

— Vous ne l'avez pas volé !

— Allez-vous-en, fillette, ordonna-t-il avec fureur. Je veux bien me quereller mais je n'aime pas vos méthodes.

— Et je n'aime pas les vôtres non plus, rétorqua la jeune femme en quittant la pièce.

Une fois dans sa chambre, Nicole se laissa tomber dans un fauteuil. Chaque fois qu'elle se querellait avec Hans, elle en sortait épuisée. Elle n'avait qu'une envie : quitter cet endroit où tout contribuait à la mettre sur les nerfs.

Nicole était seule au salon le lendemain après-midi quand Denise fit irruption.

— Il n'y a personne ? demanda la jeune fille.

Elle portait une robe turquoise qui mettait en valeur son teint mat et sa longue chevelure blonde.

— Il n'y a que Sarah et moi, fit Nicole en posant son livre sur ses genoux. Les hommes sont sortis ; quant à Ellen, elle est allée conduire Mélanie à sa leçon de piano.

— Ma chère nièce est trop gâtée, remarqua Denise en s'asseyant avec grâce. Leçons de piano, de danse, de natation...

— Vous admettrez avec moi que les leçons de natation sont indispensables, fit Nicole.

— Oui, bien sûr, avoua Denise en levant une main pour lisser ses cheveux impeccablement coiffés. Voilà pourquoi je n'ai eu droit qu'aux leçons de natation quand j'étais petite. J'avais pourtant follement envie de leçons de danse et de cours de tennis.

— Mélanie est une enfant privilégiée, cela ne fait aucun doute, observa Nicole.

— Trop privilégiée, à mon avis. J'en veux peut-être inconsciemment à tous ceux qui ont ce que moi je n'ai jamais pu avoir, ajouta la jeune fille avec une honnêteté déconcertante.

— Beaucoup de gens réagissent comme vous, fit Nicole.

— Je sais, répondit Denise d'une voix distraite.

Puis, regardant Nicole dans les yeux :

— Hans s'intéresse à vous. Etiez-vous au courant ?

— Comment le savez-vous ? rétorqua Nicole, sur la défensive.

— Je suis loin d'être bête et j'ai appris, il y a longtemps, à surveiller mes intérêts, fit Denise avec impatience. C'est à la façon dont il parle de vous... ou plutôt, dont il ne parle pas de vous. Je lui pose parfois des questions à votre sujet, mais il refuse de répondre.

Elle semblait ne pas lui en vouloir outre mesure. Aussi Nicole n'essaya pas de nier.

— Ce n'est qu'une attirance physique. Comme cela ne dure jamais bien longtemps, vous n'avez rien à craindre. En dehors de cela, il est incapable de me supporter.

— Oh ! je ne m'inquiète pas, fit Denise calmement. Je me demandais tout simplement si vous vous en étiez aperçu. Hans ne s'éloignera jamais beaucoup de moi même s'il a de brèves aventures. Je ressemble trop à Vanessa pour qu'il puisse se permettre de me perdre.

— Cela ne vous ennuie pas de lui rappeler votre sœur à ce point ?

— Au contraire, dit la jeune fille en haussant les sourcils. Ma ressemblance avec Vanessa est pour moi un avantage. C'est ainsi que je retiens Hans. Mon Dieu, je ne pourrais supporter de le perdre maintenant, termina-t-elle d'une voix intense.

— Vous l'aimez donc à ce point ? demanda Nicole avec sollicitude.

— Si je l'aime ? répéta Denise d'un ton surpris. Oui, je crois. En tout cas, je veux l'épouser.

Sur ce, la jeune fille se leva et se dirigea avec une grâce toute féline vers le piano. Elle passa amoureusement ses doigts sur le couvercle tandis qu'elle faisait des yeux le tour de la pièce, arrêtant son regard sur les meubles anciens, les tableaux de maîtres. Elle avait une lueur étrange dans le regard, une avidité fiévreuse, pensa Nicole.

Denise continuait d'une voix tendue :

— C'est surtout la ferme, la maison, les beaux objets que j'aime. Vous me comprenez, n'est-ce pas ? J'ai grandi dans une petite maison, parmi des meubles ordinaires, bon marché. Le seul beau tableau que j'aie jamais eu est le Robert Prenn que m'a offert Hans pour mon anniversaire. J'aime les meubles anciens, les jolis objets. Je ne sais pas si vous pouvez comprendre à quel point j'ai convoité cette ferme. Déjà, petite, je voulais y habiter. J'avais huit ans quand Vanessa et Hans sont tombés amoureux l'un de l'autre. J'étais ravie car je me disais que si ma sœur épousait Hans, cette maison serait aussi un peu la mienne. Je n'avais qu'une hâte, qu'un désir : qu'elle épouse Hans. Mais Vanessa ne pouvait supporter la vie à la campagne et même si elle adorait cette maison, elle a fini par épouser Karl. Elle a aimé Hans, j'en suis persuadée, mais peut-être son amour n'était-il pas assez profond... J'ai donc attendu dix ans. Après le mariage de Vanessa, j'ai vécu dans la peur que Hans épousât une autre femme. Il n'y avait alors que ma ressemblance avec ma sœur qui eût pu l'intéresser. Mais, je sais, depuis un an ou deux, que mes rêves vont enfin se réaliser. Quand j'ai terminé le lycée, Hans a commencé à me considérer en tant que femme. Et maintenant j'ai l'âge de Vanessa au moment où elle et Hans étaient amoureux, termina-t-elle en se rasseyant et en regardant Nicole.

La jeune femme était blessée d'apprendre que Denise préférait la maison à Hans, qu'elle utilisait sa ressemblance avec sa sœur décédée pour arriver à ses fins. C'était cruel, pensa Nicole tout à coup.

Mais, en même temps, elle avait pitié de cette belle jeune fille assise devant elle dont le seul désir dans la vie était de posséder des biens matériels.

— Vous me trouvez sûrement cupide et intéressée, observa Denise d'un ton amusé.

— Je ne sais pas, fit Nicole honnêtement. Je trouve cela injuste pour Hans que vous vous serviez de votre ressemblance avec votre sœur pour devenir maîtresse de cette maison. Mais, par contre, je vois à quel point cette propriété vous fait envie ; dans ce cas, la fin ne justifie-t-elle pas les moyens ?

La jeune femme était humiliée pour Hans, humiliée que l'on préférât une maison à cet homme.

— Mais... l'aimez-vous ? poursuivit-elle d'une voix à peine audible.

— Oui, dans une certaine mesure, j'imagine, fit Denise en haussant les épaules. Disons que je ne suis pas dégoûtée à l'idée d'être mariée avec lui. C'est le mariage en soi qui m'indispose. Idéalement, j'aimerais posséder cette maison et être quand même libre. Après tout, je n'ai que dix huit ans et il y a tant d'expériences que j'ai envie de vivre.

— Pourquoi êtes-vous si pressée de vous marier, alors? demanda Nicole. Vous semblez être sûre des sentiments de Hans, pourtant.

— Je ne peux attendre... je ne peux attendre plus longtemps de posséder cette maison, fit Denise violemment. Elle doit m'appartenir au plus tôt. J'ai attendu ce moment toute ma vie et je n'en puis plus. C'est pourquoi je vous implore, Nicole, de ne pas laisser vos relations avec Hans progresser davantage car cela risquerait de reporter notre mariage. Ce n'est pas votre faute, je le sais ; Hans est un homme, après tout.

— Hans ne m'intéresse pas du tout. Vous n'avez rien à craindre de moi, assura Nicole, vexée d'entendre que l'intérêt que lui portait l'homme aux yeux gris était purement physique.

— J'ai hâte que vous partiez, dit la jeune fille avec franchise. Hans vous trouve attirante, je le sais.

Nicole n'avait plus envie de discuter de Hans. Elle prenait en effet peu à peu conscience de l'ambivalence de ses sentiments envers lui.

— Ce ne sera plus très long, poursuivit-elle. J'aurai bientôt terminé le portrait de Traugott.

Denise, apparemment satisfaite, la quitta peu après pour aller rendre visite à Hans à la plantation d'avocatiers.

Le même soir, tout en se préparant pour le dîner, Nicole s'étudiait devant la glace. Son visage était plus pâle que d'ordinaire, remarqua-t-elle, et ses pommettes plus saillantes.

— Paquet d'os ! lança-t-elle avec colère à sa réflexion dans le miroir, avant d'aller prendre l'apéritif avec les Sorensen sur la véranda.

Après le dîner, on servit le café au salon.

— Ne voyez-vous pas Denise ce soir, Hans ? s'enquit Ellen.

— Non, répondit-il laconiquement.

Ellen parut offensée de son ton bref.

— Eh bien, elle était ici cet après-midi, fit Traugott tranquillement. J'étais à l'éolienne ; je l'ai vue sortir de la maison et aller te rejoindre là-haut à la plantation.

Son neveu ne répondit pas. Il demeura silencieux ; et comme Nicole faisait de même, ce furent Ellen et son mari qui firent les frais de la conversation.

Hans semblait sous tension, pensa la jeune femme. Il avait le visage sombre et, aux commissures de ses lèvres, sur son front, se dessinaient des rides profondes. Peut-être se rendait-il compte que Denise ne pourrait jamais remplacer Vanessa ? Qu'elle n'avait qu'une ressemblance physique avec la jeune morte ?

Nicole aurait voulu se lever, traverser la pièce et aller toucher son visage... effacer cette tension chez lui... le faire sourire. Elle aurait voulu entourer de ses bras les larges épaules de Hans... caresser ses cheveux noirs... voir brûler l'ardeur dans ses yeux gris... s'assurer que les deux sœurs avaient disparu de sa vie à jamais et qu'il aimait Nicole Prenn d'une passion inégalable.

Nicole se sentit pâlir en découvrant tout à coup la vérité. Hans l'avait irritée et pourtant elle s'était intéressée à lui... elle l'avait désiré mais avait tenté de se persuader qu'elle ne l'aimait pas. Désormais, elle n'aurait qu'un désir : être aimée de cet homme, être la seule et unique femme dans sa vie.

Mélanie entra sur les entrefaites pour souhaiter bonne nuit et demander à son oncle de la border.

— Qu'avez-vous, Nicole ? s'enquit l'enfant en la fixant avec gravité. Vous avez l'air bizarre... comme si vous aviez mal.

Mais, j'ai mal, aurait voulu hurler la jeune femme. J'ai mal à en crier.

— En effet, vous êtes blafarde, Nicole ; je l'ai remarqué, fit Ellen. De plus, vous avez maigri depuis votre arrivée. Notre climat ne vous convient peut-être pas.

— Ou peut-être est-ce la compagnie qui ne lui convient pas ! lança Hans froidement en se levant.

Et sur ce, il quitta la pièce, suivi de Mélanie.

— Mon Dieu, soupira Ellen, Hans est continuellement de mauvaise humeur, ces jours-ci. Il n'est pas sûr des sentiments de Denise, j'imagine, et cela le tourmente.

Nicole ne répondit pas ; elle pensait à elle-même, à la petite Nicole insouciante d'autrefois, à celle, mûrie, d'aujourd'hui.

Avant d'arriver chez les Sorensen, elle était libre. Personne n'avait jamais réussi à l'attacher. Mais, désormais, elle serait enchaînée... enchaînée par l'amour, un amour tout-puissant... Partagé, il eût pu lui apporter le bonheur suprême... mais, non partagé, il l'entraînerait irrévocablement dans le désespoir le plus absolu.

6

Les jours suivants, Nicole travailla activement au portrait de Traugott. Modèle et peintre étaient tous deux épuisés en rentrant déjeuner.

Encore quelques heures de travail, se dit la jeune femme un matin, et ce serait fini. Elle pourrait enfin partir. Ellen et Traugott l'avaient priée de rester une fois le portrait terminé; s'il n'y avait pas eu Hans, Nicole aurait accepté avec plaisir.

Mais comme Hans était là... elle ne pouvait rester plus longtemps. La présence de cet homme la minait littéralement.

Ce même après-midi, Nicole et Mélanie partirent en promenade. Elles se rendirent au taillis où elles s'étaient rencontrées le premier jour. A la demande de la fillette, Nicole avait commencé à en faire un tableau et elle comptait le terminer ce jour-là.

La jeune femme installa son chevalet et se mit à peindre tandis que la fillette courait dans le bois. Elle travaillait depuis quelques minutes quand elle leva les yeux; un soupir d'impatience lui échappa. Todd Baxter arrivait au loin.

La jeune femme continua de peindre, puis recula d'un pas pour examiner sa toile. Il n'y avait plus rien à ajouter; la moindre touche de peinture gâcherait son charme, se dit-elle, en commençant à ranger ses pinceaux.

— Chère Nicole, s'exclama Todd chaleureusement en la rejoignant.

— Bonjour Todd, fit Nicole avec indifférence. Que faites-vous ici ?

— Que croyez-vous que je fasse ici, à votre avis ? s'enquit-il en prenant les mains de Nicole entre les siennes. Une jeune femme aussi belle, aussi charmante que vous l'êtes ne devrait même pas avoir à poser cette question !

— Une jeune femme comme moi ne se laisse pas impressionner par la flagornerie, rétorqua-t-elle en retirant brusquement ses mains de celles de Todd Baxter.

— On ne peut pas dire que ce soit un accueil des plus chaleureux ! Vous me décevez, Nicole. N'êtes-vous pas contente de me voir ?

— Non, surtout si vous continuez sur ce ton, riposta-t-elle sèchement.

— Ne vous ai-je pas manqué ? insista-t-il.

— Je n'avais pas remarqué votre absence.

— Femme cruelle ! Je suis retourné à Johannesburg, dit-il.

— Et alors ? fit Nicole en examinant de nouveau son tableau.

— Eh bien, j'ai vu votre père pendant mon séjour.

— C'est vrai ? demanda-t-elle avec un intérêt véritable, cette fois. Comment était-il ?

— Très bien, comme toujours.

— Peint-il beaucoup ?

— Avec enthousiasme, affirma Todd.

Il prit de nouveau les mains de la jeune femme entre les siennes ; mais celle-ci s'en rendit à peine compte car elle examinait son œuvre avec attention.

— Vous n'avez pas l'air en pleine forme, ma chère,

soit dit en passant. Que se passe-t-il ? Serais-je en train de vous avoir à l'usure ?

— Décidément, vous êtes d'une ténacité... répliqua la jeune femme d'un ton narquois.

— Donc, vous sortirez avec moi, ce soir, n'est-ce pas ? tenta-t-il de la persuader.

— Non, fit-elle en retirant ses mains de celles de Todd.

— Vous êtes têtue, reprocha-t-il. Qu'avez-vous donc ? Vous ne voulez pas vous amuser ? Nous nous entendrions si bien.

— J'ai dit non, c'est non ! fit Nicole avec impatience. Je ne veux pas sortir avec vous, Todd, je vous l'ai déjà dit. Les hommes mariés ne m'intéressent pas. Je préfère les hommes célibataires... et jeunes, ajouta-t-elle d'une voix moqueuse en se rappelant les craintes de Todd au sujet de son âge.

— Les Sorensen vous ont influencée, lança-t-il en colère. Ils vous ont montée contre moi. N'êtes-vous pas capable de porter vos propres jugements au lieu de vous inspirer de ceux des autres ? Comme je vous l'ai dit, nous devrions bien nous entendre, vous et moi.

— J'en doute fortement, répliqua la jeune femme brièvement, lasse de cette conversation... et de Todd.

— Pas moi. Laissez-moi vous le prouver, dit-il en tentant de la prendre dans ses bras.

— Todd ! Arrêtez de jouer à l'idiot ! lança-t-elle brusquement.

— Mais je ne joue pas, marmonna-t-il.

Sur ce, il se pencha sur Nicole pour l'embrasser. Celle-ci tourna vivement la tête et reçut sur la joue le baiser qui était destiné à sa bouche.

— Voilà Mélanie, dit-elle froidement mais avec soulagement. Laissez-moi immédiatement ! Si vous ne voulez pas qu'une enfant soit témoin de vos âneries !

Todd obéit et se tourna vers Mélanie avec colère.

— Que veut-elle, cette satanée fillette ? lança-t-il avec venin.

— Bonjour, fit Mélanie. Que faites-vous ici, monsieur ? demanda-t-elle poliment.

— M. Baxter partait justement, ajouta Nicole.

Ce dernier jura entre ses dents.

— Oh ! fit l'enfant. Au revoir, monsieur.

— Vous avez entendu le ton de sa voix ? murmura Nicole à Todd. Vous avez tout intérêt à partir.

— C'est bien, fit-il d'un air maussade. A bientôt, Nicole.

Une fois qu'il fût parti, Mélanie regarda la jeune femme.

— Eh bien, vous vous en êtes débarrassé. Vous n'aimez pas M. Baxter, n'est-ce pas, Nicole ?

— Pas beaucoup, acquiesça-t-elle.

— C'est bien ce que je pensais. Pourquoi vous embrassait-il alors ?

— Je n'ai pas pu l'en empêcher, répliqua Nicole.

— Je sais à quoi vous pensez, affirma la fillette. Vous vous demandez si je saurai garder le secret. Comme l'autre jour quand il vous a pris les mains. Vous pouvez me faire confiance, Nicole.

La jeune femme rougit.

— Merci, mais n'oubliez pas, Mélanie, que... que de tels secrets ne devraient pas exister, termina-t-elle d'une voix faible.

— Je sais. Mais je devine toujours les pensées des gens. Vous ne voulez pas que je le répète, je le sens. Cela ne servira pas à grand-chose, Nicole... car j'ai aperçu oncle Hans ; il était là-haut, à la plantation d'avocatiers et il se peut fort bien qu'il vous ait vue.

Evidemment. Avec sa chance habituelle, cela ne l'étonnerait pas, pensa Nicole amèrement. Chaque fois qu'elle était avec Todd, le destin voulait que Hans en fût témoin.

— Oh, Nicole, merci ! Vous avez terminé mon

tableau, s'écria Mélanie, mettant ainsi fin aux pensées moroses de la jeune femme.

Elles rentrèrent toutes deux à la maison. Mélanie s'enferma dans la bibliothèque pour faire ses devoirs. Nicole, envahie par un ennui inexplicable, s'assit sur la véranda. Elle apercevait au loin les montagnes bleues ; à ses pieds dormait paisiblement le labrador.

Quand elle entendit des pas sur la véranda, elle ne prit même pas la peine de détourner la tête, pour savoir qui entrait. Elle savait pertinemment que c'était Hans. Voilà peut-être pourquoi elle était venue s'installer sur la véranda... pour prendre son courage à deux mains en prévision de l'orage qui ne manquerait pas d'éclater.

La jeune femme prit peur en voyant le regard sévère du maître de maison. Mais elle s'efforça de conserver son calme ou, du moins, de cacher sa nervosité.

— Où est Mélanie ? s'enquit Hans d'une voix glaciale.

— Dans la bibliothèque, répondit Nicole avec hâte. Hans... commença-t-elle, appréhensive.

— Vous savez à quoi vous attendre, n'est-ce pas ? répliqua-t-il sèchement. Comment savez-vous que je vous ai vue ?

— Mélanie m'a dit que vous étiez là-haut, à la plantation.

— Oui... Mélanie, fit-il pensivement.

— Qu'y a-t-il ? demanda-t-elle.

— Ne vous ai-je pas dit que les enfants de cet âge peuvent répéter des choses ? lança-t-il tout bas, d'une voix furieuse.

— Pas Mélanie. Elle sait tenir sa langue, rétorqua Nicole du tac au tac, tout en sachant qu'elle allait au-devant du danger.

Son attitude ne ferait qu'attiser la colère de Hans ; mais la jeune femme craignait de fondre en larmes si elle l'abordait de toute autre façon.

— Depuis que vous êtes ici, Mélanie est devenue

experte dans l'art de la dissimulation, reprocha Hans avec mépris.

— Elle a toujours su garder un secret, le contredit Nicole.

— Et vous l'encouragez, rétorqua-t-il. Je ne veux pas que ma nièce apprenne la duperie, Nicole, ni que vos rendez-vous galants avec Baxter aient lieu sur ma propriété. Je croyais vous l'avoir déjà dit. Si vous tenez absolument à le rencontrer, faites-le ailleurs. Vous vous rendez ridicule en le fréquentant mais c'est votre affaire car vous êtes une adulte et vous avez le droit de choisir vos amants... Toutefois, quand vous voyez Todd Baxter sur ma propriété, je me sens en quelque sorte responsable envers Henriette Baxter et je refuse d'être complice.

Nicole était trop lasse pour discuter.

— Cela ne se reproduira plus, fit-elle d'une voix épuisée, tournant de nouveau le regard vers les montagnes qui viraient au violet sous le soleil couchant. De toute façon, comme je pars bientôt, vous n'aurez plus à vous inquiéter.

Hans se tut un moment, puis :

— Le portrait est donc terminé ?

— Il le sera demain midi, le renseigna Nicole.

— Vous aurez alors le loisir de fréquenter Baxter à Johannesburg sans la présence continuelle d'une enfant. Ce sera un soulagement pour vous.

— Je n'ai pas l'intention de revoir Todd, fit Nicole d'une voix glaciale.

— Vraiment ? dit-il cyniquement. Vous me répétez depuis votre arrivée, que tout est fini entre vous deux ; et pourtant, vous continuez à le voir et, cet après-midi... Vous ne m'avez pas dit toute la vérité...

Les yeux de la jeune femme brillèrent de fureur. La colère était son système de défense ; sinon, elle se mettrait à pleurer.

— J'ai horreur qu'on m'espionne. J'ai droit à ma vie

privée. Quant à votre opinion à mon sujet, Hans, je n'en ai rien à faire.

— Vous voilà encore en train de dramatiser, fit-il froidement.

— Je préfère faire preuve de trop d'émotivité que d'être froide comme la glace, lança Nicole. Vous êtes incapable d'éprouver de nouvelles émotions car vous êtes trop occupé à ressasser celles que vous avez vécues autrefois.

— Vous vous passionnez pour mon passé, n'est-ce pas ?

— J'ai pitié de Denise, voilà tout, mentit-elle. Vous êtes incapable de la considérer comme une personne à part entière ; vous ne recherchez qu'une image, conclut-elle, la gorge nouée.

— Vos opinions ne m'intéressent pas plus que les miennes vous intéressent, Nicole, répliqua Hans d'un ton las.

— Nous n'avons plus rien à nous dire, dans ce cas, fit-elle, blessée par son indifférence.

— Pas beaucoup, en effet. J'espère, toutefois, que vous m'avez compris, bien que cela importe peu vu votre départ imminent. Cependant, je ne veux pas entendre dire que vous avez donné rendez-vous à Baxter sur ma propriété.

— Je ne le reverrai plus, je viens de vous le dire, éclata la jeune femme.

— Pensez-vous que je vous croie, après l'épisode de cet après-midi ? dit-il, méprisant. Vous semblez avoir du mal à terminer cette aventure avec Todd. Vous n'avez pas cessé de vous faire vos adieux tous les deux depuis votre arrivée à la ferme. A mon avis, vous n'avez pas la force de vous séparer de lui. C'est ridicule, d'ailleurs, car une agonie lente est plus pénible qu'une rupture brutale.

— Je vous remercie du conseil, rétorqua Nicole d'un ton sarcastique.

— Pour l'amour du ciel, Nicole! lança-t-il dans un regain de colère. Vous me dites que je suis bête de ressasser le passé ; et vous, alors ? Vous avez du mal à terminer une aventure. Peut-être ne voulez-vous vraiment pas rompre ? Vous tentez d'attiser des cendres ! Vous vous accrochez au passé au lieu d'aller de l'avant tout en m'accusant d'agir de la même façon.

— Eh bien, j'ai raison, non? rétorqua la jeune femme. Au moins, dans mon cas, il reste peut-être encore un peu de vie !

— Je dirais même beaucoup de vie, si je juge d'après les étreintes dont j'ai été témoin cet après-midi. Mais, je vous en prie, plus jamais chez moi, ni en présence de Mélanie. Ne l'oubliez pas, Nicole.

Hans se détourna brusquement et rentra dans la maison, laissant Nicole seule avec ses pensées devant le soleil qui embrasait maintenant l'horizon.

Si Hans avait seulement pu savoir qu'il n'y avait jamais rien eu entre Todd et elle ! Evidemment, cela n'aurait rien changé, pensa-t-elle avec impatience... Elle aurait tant aimé qu'il la considère comme une femme libre, sans attaches... Jamais plus elle ne serait libre, toutefois... car elle appartenait désormais corps et âme à Hans Sorensen.

Si au moins Hans avait pu entendre la conversation entre elle et Todd cet après-midi, il aurait sans doute compris bien des choses. Mais depuis la plantation, il ne pouvait discerner que les gestes.

Le lendemain matin, Nicole termina le portrait sans le vieillard. Traugott et Ellen étaient assis au salon quand elle leur présenta le tableau.

— Eh bien, Traugott, dit la jeune femme doucement, le voilà. Je vous ai donné le meilleur de moi-même. Avant mon départ de Johannesburg, mon père m'avait bien dit que ce serait une réussite.

— Je l'aime beaucoup, Nicole. Il est extraordinaire, dit Ellen de façon décisive.

Traugott, lui, était plus prudent. Il examina le portrait sous tous les angles tandis que Nicole l'observait avec anxiété.

— *Ja,* fit-il enfin.

Il se tourna vers Nicole, un large sourire sur son visage hâlé.

— Me trouverez-vous vaniteux, Nicole, si je vous dit que c'est un très beau portrait.

Nicole éclata d'un rire soulagé.

— Si c'est vrai, c'est tout à votre honneur.

— Eh bien, il est réussi ; votre père avait raison de vous faire confiance, fit Traugott.

— Merci, dit Nicole en inclinant la tête.

Maintenant que le tableau était terminé, elle était mieux en mesure de le juger. Elle était satisfaite du portrait ; il ne déparerait en rien les neuf autres dans la salle à manger.

— Peut-être devriez-vous vous spécialiser dans le portrait, suggéra Ellen.

— Non, je ne crois pas, répondit Nicole. Mais tout de même, je sais maintenant que j'ai les capacités nécessaires. Même si j'ai toujours une prédilection pour les paysages, je me suis prouvé à moi-même que je suis capable de peindre des portraits et non plus seulement les rochers, le veld et le ciel.

— Mélanie nous a montré le petit tableau que vous avez peint pour elle, ajouta Traugott. Ellen et moi l'aimons beaucoup.

— J'ai eu du plaisir à le faire... tout comme j'ai eu du plaisir à vous peindre, dit Nicole avec une pointe de timidité dans la voix.

Le vieux couple lui manquerait énormément après son départ ; elle les aimait beaucoup et ils avaient été bons envers elle.

— Avez-vous toujours l'intention de partir demain ? s'enquit Ellen avec regret.

— Oui, répliqua Nicole. Il faut que je parte. Cela

m'attriste car vous avez été très bon envers moi et cette région est magnifique. Mais j'ai hâte de revoir mon père.

C'était une excuse valable. Les deux vieillards avaient en effet insisté maintes fois pour qu'elle reste plus longtemps et elle ne voulait pas les blesser en refusant.

— Vous devez donc vous hâter de retourner, fit Traugott gentiment. Vos sentiments envers votre père vous honorent.

Ellen et Nicole se regardèrent en souriant. Mme Sorensen avait déjà dit à la jeune femme que son mari valorisait énormément l'amour filial.

— J'aimerais bien faire une dernière balade dans le Soutpansberg, cet après-midi, si vous n'y voyez pas d'inconvénient, annonça Nicole.

— Au contraire, fit Ellen. Traugott, allez vite chercher Hans. Dites-lui de venir voir le tableau. J'ai hâte que tous admirent le portrait de mon mari !

Nicole, voulant échapper au pouvoir que Hans excerçait sur elle, s'enfuit aussitôt que Traugott eût quitté la pièce.

Elle partit en excursion après le déjeuner. Et comme toujours, la beauté du paysage agit comme un baume sur sa douleur, sa sensation de vide, son désir inassouvi pour Hans.

La nature ne lui apporta qu'une sérénité éphémère. La jeune femme espéra trouver le plus grand réconfort à la ville, parmi les gratte-ciel modernes. Cela suffirait-il cependant à guérir sa douleur ?

Ce soir-là, au dîner, Nicole jeta un coup d'œil sur le mur, là où serait accrochée son œuvre. Elle était fière d'elle, fière de sa réussite et se surprit à sourire.

— Pourquoi souriez-vous ? s'enquit Mélanie, faisant ainsi sursauter la jeune femme, perdue dans ses rêveries.

— Elle est heureuse de rentrer chez elle, je crois, fit Hans courtoisement.

Lui aussi semblait content de son départ, pensa Nicole.

— Je vous félicite pour le portrait, Nicole, poursuivit-il.

— Merci, répondit la jeune femme, se disant, en son for intérieur, que jamais elle ne s'était sentie aussi malheureuse de sa vie.

Mélanie continuait de manger en silence. Puis, elle leva vivement la tête :

— Eh bien, annonça-t-elle d'un ton décidé, je ne trouve pas ça bien de votre part, Nicole, d'être heureuse de partir.

— Son père a besoin d'elle, ma chérie, fit Ellen doucement.

Pas vraiment, pensa Nicole, mais il est préférable que tous en soient convaincus.

— Mais personne ne désire la voir partir, insista Mélanie.

Hans éclata d'un rire ironique et Nicole devint cramoisie. Tous auraient en effet désiré qu'elle restât... tous... sauf Hans. S'il avait voulu... Nicole sentit son cœur se serrer à cette pensée.

Après le dîner, elle alla à sa chambre avec mélancolie, pour terminer ses valises. Puis, comme elle allait reporter son livre à la bibliothèque, le téléphone sonna dans le hall. Elle entendit Hans répondre. Il vint la rejoindre presque aussitôt, les yeux brillants de colère.

Nicole leva craintivement le regard vers lui. Que se passait-il encore ? Qu'avait-elle encore fait pour éveiller son courroux ?

— Venez, fit-il brusquement. Nous sortons.

— Comment ? Mais... où, Hans ? s'enquit-elle, effrayée par son expression.

— Peu importe. C'est tout près. J'ai quelque chose à vous montrer.

— Mais, vous êtes fou, dit-elle. Pourquoi me plierais-je à votre volonté si vous ne m'en donnez pas la raison ?

Hans la regarda et elle prit soudainement conscience de son aspect. Elle portait la jupe de couleur crème et le chemisier vert qu'elle avait revêtus le soir de son arrivée, ainsi que son collier de jade. Cette fois-ci, toutefois, ses cheveux étaient noués en chignon sur sa nuque.

— J'ai quelque chose à vous montrer, Nicole ; je viens de vous le dire.

— Je ne vous comprends pas, fit Nicole, sans savoir au juste pourquoi elle protestait. Il se fait tard et j'étais sur le point de me mettre au lit. J'ai l'intention de partir tôt demain matin.

— Venez, je vous en prie, fit l'homme aux yeux gris d'une voix lasse.

— Entendu, répondit-elle, prête à céder.

— Venez ! s'exclama-t-il avec impatience en saisissant son bras.

Il l'entraîna dans le salon et dit à Ellen et Traugott :

— Il est tard, je le sais, mais j'amène Nicole au Trône de l'Ange. Ne nous attendez pas. Vous pourrez vous faire vos adieux demain matin.

— Quelle bonne idée, Hans, fit Ellen qui paraissait enchantée. Si Nicole était restée plus longtemps, nous avions l'intention de l'y emmener. Le panorama est superbe. Amusez-vous bien !

— Qu'est-ce que le Trône de l'Ange ? s'enquit Nicole, une fois dehors.

— C'est un hôtel situé au sommet d'une montagne ; la vue est magnifique, expliqua Hans brièvement.

Au lieu de prendre la familiale dont il se servait pour la ferme et les environs, Hans ouvrit la portière de la petite Lancia Stratos.

— Est-ce bien vrai que nous allons là-bas ? demanda Nicole pendant le trajet.

— Oui, je leur ai dit la vérité... sans toutefois leur en donner la raison.

— Et quelle est cette raison ? s'enquit-elle froidement.

— Madame Graeme vient de m'appeler. Denise vient encore de disparaître. Sans oublier toutefois de dire à ses parents où elle allait.

Comme pour la Saint-Sylvestre, pensa Nicole tristement. Denise était-elle avec Todd Baxter ce soir, encore ? Si tel était le cas, il n'y aurait pas de Nicole Prenn pour la tirer d'une situation délicate au moment où Hans arriverait.

— Vous m'avez pourtant affirmé maintes fois que votre vie privée ne me regardait pas ; n'est-il pas bizarre que vous m'ameniez presque de force chercher votre... fiancée égarée ?

— Vous verrez tout à l'heure, fit-il sèchement.

— Denise n'est pas encore votre fiancée officielle. Avez-vous le droit de vous immiscer dans ses activités ? s'enquit-elle. Elle a sa propre vie à vivre ; ses parents ont porté atteinte à sa liberté en vous demandant d'aller la chercher. Oh, je sais bien qu'on n'atteint la majorité qu'à vingt et un ans dans ce pays ; mais la plupart des gens permettent à leurs enfants de mener leur vie librement une fois le lycée terminé. Denise est une adulte.

— C'est vrai, acquiesça Hans. Mais ses parents s'inquiètent de son comportement et ce sont mes amis.

— Est-il vraiment nécessaire que je vous accompagne ? demanda-t-elle d'une voix vacillante.

Hans ne répondit pas. Nicole était mal à l'aise. Il irait toujours chercher Denise, pensa-t-elle tristement ; non pas parce qu'il l'aimait mais parce que, dans son esprit, elle remplaçait Vanessa.

La voiture gravit une côte escarpée et sinueuse. Le Trône de l'Ange était situé tout en haut. C'était un grand immeuble et plusieurs voitures étaient garées devant.

— Nous ne resterons pas longtemps, fit Hans brusquement.

— Hans, je vous en prie, pourquoi m'avez-vous amenée ici ? demanda Nicole d'une voix désespérée

— Vous le saurez dans un instant.

Il sortit de la voiture et en fit le tour pour ouvrir la portière de Nicole.

— Je ne sais pas... fit-elle à voix basse sans bouger.

— Si vous croyez que vous n'êtes pas assez habillée, vous vous trompez, la rassura-t-il avec impatience.

La jeune femme sortit lentement de la voiture. Hans claqua la portière.

— Nous prendrons un café, je dirai deux mots à Denise et nous rentrerons immédiatement, fit-il.

Ils pénétrèrent dans une grande pièce. Un garçon qui, de toute évidence connaissait Hans, les conduisit à une petite table à l'écart de la piste dc danse. Hans commanda deux cafés.

— Voici ceux que nous cherchons, fit Hans en montrant à Nicole la piste de danse.

Nicole tourna la tête et fut abasourdie.

— Oh ! s'exclama-t-elle en portant une main à sa bouche, bien qu'elle s'y attendît tout de même un peu.

Denise Graeme et Todd Baxter dansaient un slow ensemble. Denise avait posé sa tête sur l'épaule de Todd. Comme elle était belle et épanouie, songea Nicole, dans sa robe de shantoung écru, toute simple, qui soulignait son corps à la perfection et rehaussait sa chevelure !

— Ne devinez-vous donc rien ? demanda Hans comme on leur apportait le café.

Nicole servit les cafés avec difficulté car ses mains tremblaient. Elle jeta un coup d'œil vers Hans. Il avait le visage plus sombre que jamais, les lèvres serrées, les mains crispées.

— Peut-être Denise ne recherche-t-elle qu'un peu de gaieté. Elle est trop jeune pour être attachée, mais avec le temps...

Hans se tourna vers Nicole. Son visage était maintenant indéchiffrable.

— Qu'est-ce qui vous fait croire que Denise à un penchant pour moi, Nicole ? s'enquit-il d'une voix neutre.

Nicole sentit sa gorge se nouer et détourna le regard.

— Vous assistez à un moment historique, ajouta-t-il avec une pointe d'humour. Je ne partirai plus jamais à la recherche de Denise quand l'humeur lui prendra de s'enfuir.

Il but son café en silence.

— Vous semblez bouleversée. Nous partirons aussitôt que nous aurons parlé à Denise et Baxter. Ils sortent. Suivons-les.

Nicole acquiesça de la tête. Hans régla la note et ils sortirent à la suite de Denise et Todd.

Le jardin de l'hôtel était sillonné d'étroits sentiers cachés par des buissons. Hans et Nicole suivirent le couple dans l'un de ces sentiers, guidés par le rire inimitable de Denise.

Soudain, il y eut un silence ; ils continuèrent leur chemin et les trouvèrent derrière une haie en train de s'embrasser passionnément.

Nicole poussa une exclamation. Denise et Todd sursautèrent et se séparèrent précipitamment. Jamais elle n'aurait dû accompagner Hans, pensa-t-elle, en sentant la main de l'homme aux yeux gris sur son bras.

— Hans ? fit Denise en s'éloignant de Todd et en tendant la main. Il faut que vous compreniez... dit-elle d'une voix mal assurée mais avec une lueur de satisfaction dans ses yeux fauves.

— Je ne comprends que trop bien, fit-il d'un ton glacial en laissant le bras de Nicole. C'est la dernière fois, Denise. Cela n'a jamais marché, vous le savez, cela ne marche pas et cela ne marchera jamais.

La lueur s'éteignit dans les yeux de la jeune fille.

— Vous voulez dire que...

— Je veux dire que je sais tout, je connais les motifs de votre comportement, poursuivit Hans calmement. Je préférais vous le faire savoir avant que l'on rie de vous... et que vous n'ayez de vrais problèmes, ajouta-t-il en regardant Todd d'un air glacial.

Todd, écarlate, lança d'une voix brutale :

— Hé, Sorensen, vous n'avez pas le droit de parler comme cela. Je n'aime pas votre ton.

— Vous l'aimerez encore moins si vous ne laissez pas Denise,... et Nicole,... tranquilles à l'avenir.

Todd fit un pas vers Hans, puis hésita. Etait-ce à cause de la force, de la puissance qui se dégageaient du corps souple de Hans ? Il se tourna vers Nicole en souriant.

— Vous supportez cela, chère Nicole ? Vous acceptez que cet homme se mêle de vos affaires et de celles de Denise ?

Nicole, instinctivement, se rapprocha de Hans, et Denise lui jeta un regard dur et inquisiteur.

— Cela suffit, Baxter, fit Hans calmement mais fermement. Vous avez le droit de mener la vie qui vous plaît mais la patience d'Henriette a ses limites. Cela est un avertissement.

Hans se détourna pour partir.

— Je n'ai pas fini, lança Todd.

— Moi, si, rétorqua Hans. Quand vous arrêterez de vous comporter comme un enfant, peut-être trouverez-vous des gens disposés à vous écouter. D'ici là... toutefois... Je raccompagne Denise à la maison, vous pouvez partir de votre côté.

— Vous le regretterez, s'exclama Todd.

Denise Graeme éclata d'un rire forcé.

— Vous vous êtes fait un ennemi, Hans.

— Partons, fit ce dernier, feignant n'avoir pas entendu.

Une voiture démarra dans le parking ; un instant plus

tard, Todd, conduisant à toute allure, faisait crisser ses pneus sur le gravier.

Hans haussa les épaules.

— Que faites-vous ici, Nicole ? demanda Denise froidement. Hans, nous devons nous parler.

— Pas maintenant, pour l'amour du ciel, fit-il avec impatience, comme ils arrivaient à la voiture. Montez, Denise... sans discuter.

Les deux femmes partagèrent le siège du passager. Le trajet du retour s'effectua en silence. Quand Hans s'arrêta devant la maison des Graeme, Denise tenta une dernière prière :

— S'il vous plaît, Hans, parlons.

— Je vous verrai demain... vous et vos parents, ajouta-t-il. Pour le moment, j'en ai assez de vous. Rentrez chez vous et dites à vos parents que vous êtes de retour. Il serait opportun, je crois, de vous excuser de leur avoir causé inutilement tant de tracas. Car c'était inutile, Denise, vous devez bien vous en rendre compte maintenant.

Denise sortit de la voiture et jeta un coup d'œil glacial sur Nicole.

Celle-ci la regarda partir.

— Cela ira, croyez-vous ? s'enquit-elle.

— Cela ira toujours pour Denise, fit-il.

Ils se dirigèrent ensuite vers la maison. Nicole pensa tout à coup que Vanessa avait été folle d'avoir choisi Karl au lieu de Hans. Mélanie aurait dû être la fille de Hans et non pas seulement sa nièce. Au bout d'un moment, elle se mit à pleurer en silence.

— Arrêtez, Nicole, dit Hans aussitôt. Ce n'est pas en pleurant que la situation s'améliorera. Cela ne sert à rien. J'ai peut-être été brutal d'agir de cette façon, mais il fallait que je vous prouve à tout prix à quel point vous... perdiez votre temps. Des hommes, il y en a d'autres... plus valables que Todd. Alors, séchez vos larmes.

La main de Hans quitta le volant pour effleurer le poignet de la jeune femme. Celle-ci, tentant d'arrêter de pleurer, ne répondit pas immédiatement. Il croyait qu'elle pleurait à cause de Todd... eh bien, qu'il continue de le croire, pensa-t-elle, car il n'accepterait pas qu'elle pleurât par pitié envers lui. Hans Sorensen ne voulait pas de la pitié des autres.

— Ne soyez pas si attentionné. Vous n'êtes pas le gardien de mon bonheur, mentit-elle d'un ton agressif.

La maison était plongée dans l'obscurité. Hans alluma une lampe dans le salon et regarda Nicole d'une façon telle qu'elle se surprit à lisser son chignon sur sa nuque.

— Ça va, maintenant ? demanda-t-il gentiment.

— Oui, répondit la jeune femme sèchement.

— Je suis désolé, fit-il en s'approchant d'elle. Vous me trouvez peut-être cruel d'avoir agi de la sorte, mais ce n'était pas en vue de vous humilier.

— Oh, non, railla Nicole, sentant le besoin de l'agresser de peur de lui révéler sa pitié. Vous êtes cruel uniquement par bonté, j'imagine.

Hans toucha d'une main la taille de Nicole.

— Nicole ?

Ses yeux se posèrent sur la bouche délicatement charnue de la jeune femme. Celle-ci, s'approchant involontairement de lui, sentit un désir violent et profond l'envahir et, s'agrippant à ses épaules, elle pressa son corps tremblant contre celui de l'homme aux yeux gris.

— Hans ! murmura-t-elle d'un ton suppliant tandis qu'elle sentait les mains de l'homme quitter sa taille pour caresser son dos.

La bouche de Hans chercha la sienne, Nicole, les mains dans les cheveux de Hans, frissonnait. Après ce qui lui sembla être une éternité, il quitta ses lèvres et se mit à pousser des gémissements rauques tandis que, de ses mains fiévreuses, il détachait le collier de la jeune femme et le laissait tomber sur une table. Puis il dénoua son chignon, laissant ses cheveux retomber en cascade sur ses épaules, et entreprit ensuite de déboutonner son chemisier.

— Nicole, ma chérie... Nicole ! murmura-t-il avec intensité, posant ses lèvres tièdes sur le cou de la jeune femme. Celle-ci fut prise d'un long frisson tandis que les mains de Hans caressaient ses seins. Nicole entreprit à son tour de déboutonner la chemise de l'homme aux yeux gris, s'abandonnant sans contrainte à ses désirs. Elle attira vers elle la tête de Hans et ils gémirent tous deux comme leurs lèvres se touchaient de nouveau. Combien de temps dura ce baiser ? La jeune femme ne le sut pas. Mais, peu à peu, recouvrant ses esprits, elle s'écarta de lui et lui lança calmement :

— Le faites-vous parce que vous souffrez ou bien parce que vous croyez que moi je souffre à la suite des événements de ce soir ? Quelle que soit la raison je refuse !

Le regard de Hans avait pris une expression indéchiffrable. Il tendit une main vers la jeune femme puis la retira.

— Allez-vous-en, alors, Nicole ! fit-il durement. Allez-vous-en ! répéta-t-il comme elle hésitait. Bonne nuit.

Nicole se détourna et s'enfuit en courant.

7

A son réveil, le lendemain, Nicole eut l'impression de ne pas avoir fermé l'œil de la nuit. Elle avait eu du mal à s'endormir et son sommeil avait été entrecoupé de rêves.

Elle avala rapidement son petit déjeuner. Ellen l'informa que Hans était parti. Rendre visite aux Graeme, supposa Nicole.

— Je ne comprends pas pourquoi il n'est pas revenu vous faire ses adieux, fit Ellen d'un ton préoccupé.

— Oh... il les a faits hier soir, mentit Nicole en posant son couteau et sa fourchette dans son assiette.

— C'est bien, dans ce cas, dit Ellen d'une voix soulagée. Vous vous êtes bien amusés au Trône de l'Ange, j'espère ?

— Oui, je vous remercie, répondit la jeune femme tranquillement.

Elle se remémora avec douleur la scène de l'hôtel et le dénouement dans le salon.

— N'oubliez pas de nous écrire, supplia Traugott.

— Vous reviendrez, n'est-ce pas ? insista Mélanie, prête à partir à l'école. Oh, Nicole, ajouta-t-elle. J'oubliais de vous dire... Vous savez ce collier que vous portiez hier soir ? Eh bien, je l'ai retrouvé dans le salon. Ne l'oubliez pas !

— Merci, murmura la jeune femme, écarlate.

Mélanie la dévisagea avec curiosité, étonnée de la voir rougir.

— Comment a-t-il abouti là ?

— Je n'en ai aucune idée, répondit Nicole négligemment.

Malgré son embarras, malgré sa douleur, elle observait l'enfant avec affection. Comme la fillette lui manquerait ! pensa-t-elle.

— Oncle Hans m'a répondu la même chose quand je le lui ai montré, ajouta Mélanie. Où est-il parti, tante Ellen ? Qui a téléphoné de bonne heure ce matin ?

— Je ne sais pas, ma chérie. Hans ne me l'a pas dit. Mange, sinon tu seras en retard.

Après le petit déjeuner, Nicole alla chercher son collier de jade au salon, le glissa dans sa valise et sortit de la maison. Elle voulait jeter un dernier regard sur cette ferme qu'elle avait appris à tant aimer.

Voici le mur que Mélanie avait escaladé avec son concours. L'épisode du chien enragé ne la faisait plus frémir d'effroi... car elle avait vécu depuis des événements qui l'affectaient beaucoup plus profondément...

La jeune femme monta jusqu'à la frênaie ; elle voyait plus bas, dans la vallée, les ouvriers agricoles travailler en chantant. Un peu plus loin, le taillis de Mélanie ; Nicole sentit ses yeux se mouiller d'émotion en pensant à la fillette.

Elle redescendit et se rendit sur la pelouse située entre la maison et les eucalyptus... là où elle avait peint la montagne... là où Hans l'avait rejointe... C'était bien vrai, qu'à leur façon, ils avaient communiqué ce jour-là. Hans lui-même l'avait admis.

L'épisode de la veille tenait-il lieu de scène d'adieu ? Hans l'oublierait mais Nicole, elle, s'en souviendrait... éternellement.

La jeune femme, envahie par une douleur intense et désormais familière, leva les yeux vers la montagne, sans la voir. Il n'y aurait pas de remède à son mal. Elle pensait à Hans, à son amour pour Vanessa qui avait su résister à la mort et aux années et elle éprouva soudain un désespoir profond. Serait-elle capable de vivre pendant des années dans la grisaille, parmi ses souvenirs ?

Une fois rentrée chez son père, elle partirait pour le Natal chez ses grands-parents, songea-t-elle tristement. C'était sur la côte et cela lui ferait du bien ; mais il lui faudrait plus que l'air marin pour lui faire oublier ses malheurs.

Existait-il un remède, un baume à son mal ? Ne pourrait-elle jamais oublier ? Le souvenir de ces quelques semaines arriverait-il un jour à s'estomper de son esprit ?

Et sa peinture ? Le bonheur, la joie étaient indispensables à son art, pensa-t-elle soudain avec effroi. Son père lui avait dit que la peinture jouerait un rôle de second plan dans sa vie. Il avait eu bien raison, s'avoua-t-elle. Et sans l'homme qui revêtait pour elle tant d'importance, serait-elle capable de continuer de peindre ?

La jeune femme revint soudain à la réalité. Comme elle était bête, comme elle était sentimentale de retourner sur ces lieux où Hans et elle avaient eu cette conversation. Leurs relations, si l'on pouvait les nommer ainsi, n'avaient aucun avenir. Il lui fallait quitter cet endroit... au plus vite... dès maintenant.

La jeune femme se détournait pour partir quand elle se mit à trembler. Hans venait vers elle. Il y aurait donc des adieux...

— J'avais l'intention de revenir plus tôt, dit-il tranquillement en la rejoignant. Premièrement, j'ai une mauvaise nouvelle à vous annoncer... Todd Baxter a eu un accident de voiture hier soir.

Elle ne comprit pas tout de suite. Mais le ton de sa voix lui parut étrange.

— Il est mort ?

Hans opina de la tête tout en observant la jeune femme avec attention.

— Oui. Par bonheur, la route était déserte. Il conduisait comme un fou et a fait une embardée. Sa voiture est tombée dans un précipice.

— C'est... c'est affreux, fit Nicole. Et Henriette ?

Les yeux gris ne quittaient pas son visage.

— Henriette est... libre maintenant ; libre de recommencer sa vie. Son expérience avec Baxter l'a sûrement mise sur ses gardes. Todd Baxter n'aurait jamais... mûri, j'en suis persuadé.

— Oui, acquiesça Nicole d'une voix distraite. Et Denise ? Est-elle... est-elle bouleversée ?

— Oui et non. Baxter et elle avaient beaucoup en commun. Je l'ai vue ce matin et j'ai vu ses parents. Nous avons parlé un bon moment et nous avons décidé que Denise partirait pour l'Europe. Elle rendra tout d'abord visite à des parents éloignés en Ecosse ; elle ira ensuite en Italie où elle fréquentera l'école de traduction Dante Alighieri.

Nicole ne savait que répondre. Comment Hans se sentait-il ? Elle aurait voulu qu'il continuât de parler pour retarder les adieux.

— Mais je croyais... fit-elle après avoir réfléchi un moment. Les Graeme n'ont pas les moyens d'envoyer leur fille en Europe.

Puis elle comprit et regarda Hans d'un air étonné. Il faisait ce geste pour Denise ou, du moins, pour son bien.

— Les Graeme font partie de la famille, Nicole, répliqua-t-il.

La jeune femme se mit de nouveau à trembler. Etait-ce parce qu'il la regardait comme s'il eût voulu deviner ses pensées ?

— Eh bien... adieu... je dois partir moi aussi, fit-elle.

— Cela ne semble pas vous réjouir, observa-t-il d'un ton amusé. Pourquoi ? Je me le demande...

— Pourquoi êtes-vous si cruel ? Vous vous moquez toujours... commença Nicole.

Sa voix se fêla tout à coup et elle éclata en sanglots. La jeune femme se sentait humiliée et incroyablement malheureuse tandis que les larmes coulaient lentement sur ses joues. Elle n'arrivait plus à faire quoi que ce soit : ni à cesser de pleurer, ni à tourner les talons et à le quitter.

— Oh, Nicole ! lança-t-il avec une exaspération amusée. Vous savez pourtant ce que je pense des femmes larmoyantes.

— Je n'y peux rien, protesta-t-elle d'un ton maussade.

— Mais je m'en rends bien compte. Pauvre Nicole, êtes-vous si malheureuse ? demanda-t-il d'une voix douce. Je commence à me dire qu'il vous faudra subir le même traitement que Denise. Cela vous plaîrait-il, Nicole ? Je vais faire le nécessaire pour vous envoyer en Europe... avec l'un de vos hommes mariés.

Nicole, sur la défensive, lui jeta un regard méfiant. Hans, un sourire étrange sur les lèvres, continuait.

— Un homme marié, très heureux, dont vous prendrez le nom, évidemment.

Hans s'approcha d'elle, les yeux rieurs.

— Que pensez-vous de ces périples charmants nommés voyages de noces ?

— Mais... mais, fit-elle en le dévisageant avec incompréhension. Qu'est-ce que cela veut dire, Hans ? implora-t-elle. Dites-le moi, je vous en prie !

— Vous dire quoi ? s'enquit-il en l'attirant dans ses bras. Que je suis incapable de vous résister ?

— Et Denise ? demanda-t-elle, incrédule.

Hans soupira et serra plus fort contre lui une Nicole tremblante d'émotion.

— Comme je viens de vous le dire, les Graeme font, en quelque sorte, partie de la famille. Ils ne viennent pas à bout de Denise et je me sens un peu responsable de cette jeune fille. Elle convoitait ma propriété et je le savais ; mais je n'ai compris que tout récemment que ses parents et elle me considéraient comme son fiancé. J'ai dissipé cette illusion ce matin. Denise faisait tout ce qu'elle pouvait pour que je la considère comme une femme ; mais ses efforts ont eu l'effet contraire. Emotivement, elle est plus vieille que son âge, mais elle manque souvent de maturité. A propos, elle aussi a chassé l'une de mes illusions ce matin. Trop affolée pour être sur ses gardes, elle m'a raconté l'épisode de la Saint-Sylvestre. C'est typique de Denise. Typique de Nicole, aussi, ajouta-t-il en caressant la joue de la jeune femme.

— Vous savez donc que... qu'il n'y a rien eu entre Todd et moi ? murmura Nicole.

— Oui, je suis au courant. Votre réaction en apprenant la mort de Baxter, votre inquiétude au sujet d'Henriette et de Denise confirment les dires de celle-ci. De plus, continua-t-il, j'ai parlé avec Mélanie ce matin. Elle m'a fait comprendre la différence entre tenir une main et se faire tenir la main ! Il y a encore autre chose qui me chiffonne. Pour quelle raison étiez-vous si malheureuse hier soir, si ce n'était pas à cause de Baxter ?

— A cause... à cause de vous. Je vous croyais triste parce que Denise... parce que...

— C'était très gentil à vous, mais pas nécessaire du tout, assura-t-il.

— Mais, Hans... fit Nicole en levant la tête vers lui.

— Mais quoi ? s'enquit-il. Vous croyez donc toujours que Denise était pour moi une image de Vanessa ? J'ai eu tort, je le reconnais, de ne pas avoir démenti cette impression ; Denise, Ellen... tout le monde... ont probablement contribué à l'entretenir. Mais c'est complètement faux.

Finis les doutes, les douleurs. Nicole leva les bras et enlaça le cou de Hans.

— Je suis si heureuse. Oh, Hans, je vous aime terriblement.

— Merveilleusement, ma chérie, corrigea-t-il doucement avec une infinie tendresse dans les yeux.

Il la serra plus fort encore contre lui.

— Je vous ai désirée dès que vous êtes arrivée ici ; et quelque temps après, je me suis rendu compte que je vous aimais. Voilà pourquoi j'étais furieux quand vous me parliez de Vanessa. Vanessa, c'est le passé, ma chérie ; c'était un amour d'adolescent. Tandis que vous, Nicole, je vous aime comme un homme aime une femme ; je vous aime et je vous désire.

Nicole leva la tête vers lui. Elle ferma les yeux et entrouvrit les lèvres. Hans se mit d'abord à l'effleurer doucement de ses mains puis ses caresses se firent de plus en plus pressantes.

Il interrompit leur étreinte pour murmurer :

— Vous ne m'avez pas encore dit si un voyage de noces en Europe vous convenait ?

— Vous ne me l'avez pas demandé, vous n'avez fait qu'en parler, répondit Nicole, les yeux allumés par le désir.

Puis elle se blottit dans ses bras et se mit à murmurer son nom tout en pressant avec ardeur son corps contre celui de Hans.

— Je sais, ma chérie, chuchota-t-il.

La jeune femme poussa un soupir ravi et s'abandonna dans ses bras avec bonheur.

Etude des POISSONS

par Madame HARLEQUIN

(19 février-20 mars)

Signe d'Eau
Maître planétaire : Jupiter
Pierres : Turquoise, Chrysolite
Couleurs : Bleu azur, Marine
Métal : Etain

Traits dominants :

Fidélité, loyauté
Rêveur, imaginatif, très émotif
Agit plus par intuition que par raisonnement

LES POISSONS

(19 février-20 mars)

Robert Prenn appelle sa fille « ma petite missionnaire » et il n'a pas tort, car Nicole cherche toujours à sauver celui ou celle qui a besoin de secours. Mais elle agit sans réfléchir, par intuition plutôt que par raisonnement, et se trouve ainsi impliquée dans des situations qu'elle n'a pas recherchées.

Elle a le tempérament rêveur et imaginatif des natifs des Poissons et bâtit une véritable légende autour de la vie affective de Hans Sorensen, jusqu'à ce que celui-ci lui avoue qu'elle est l'unique objet de son amour.

ET BIENTÔT...

Alice s'éveille, Violet Winspear.

La pauvre Alice doit remplir une bien dangereuse mission, mais il ne faudra pas moins d'un enlèvement sur un caïque et d'une séquestration pour qu'elle s'éveille...

La traversée sans retour, Kay Thorpe.

Alix Gaynor est engagée comme chanteuse sur l'*Andromède.* Mais Clay Anderson lui rend la vie impossible. Pourquoi donc cet homme s'acharne-t-il contre elle ?

Tahiti mon amour, Rebecca Caine.

Tina, blonde enfant de Tahiti, a tout pour être heureuse. Mais de sinistres événements risquent fort de gâcher sa vie à tout jamais...

Le tyran bien-aimé, Jacqueline Gilbert.

La maladresse innée de Liz est accrue par le trouble qu'Adam Carlyon suscite en elle. Aussi la jeune fille va-t-elle de catastrophe en catastrophe...

Emeraude et diamant rose, Rachel Lindsay.

Filippo Rosetti semble attiré par la jeune Erica Rayburn. Mais celle-ci va se trouver mêlée à une sombre affaire de vol de bijoux...

La clairière de l'hiver, Anne Weale.

Le fiancé de Cathy invite celle-ci en Grèce, avec sa sœur. Ce voyage pourrait bien changer le cours de l'existence des deux jeunes filles...

TITRES DEJA PARUS DANS SERIE CLUB

La nuit de la lune jaune	Rebecca Stratton
Marée haute	Anne Mather
Sonate au fil de l'eau	Lilian Peake
Un inconnu couleur de rêve	Anne Weale
Feux interdits	Charlotte Lamb
Est-il déjà trop tard ?	Lilian Peake
Naufrage à Janaleza	Violet Winspear
Rien ne sert de t'aimer	Anne Mather
Le chemin vers l'inconnu	Rebecca Caine
La nymphe des Flots Bleus	Violet Winspear
Seule dans le brouillard	Charlotte Lamb
Je viendrai à ton appel	Janet Dailey

SERVICE LECTRICES

S'il vous manque un titre de la Collection Harlequin, et si votre libraire ne l'a plus en rayon, n'hésitez pas à nous écrire.

Nous serons heureux de vous envoyer le ou les livres qui vous font défaut.

Editions HARLEQUIN
48, avenue Victor-Hugo
75116 PARIS

TÉLÉPHONEZ-NOUS

Vous voudriez nous écrire, mais vous n'en avez pas le temps.

Pourtant, vous aimeriez nous faire part de votre avis.

Alors, téléphonez-nous au numéro suivant :

500-65-00

pour nous faire connaître vos suggestions.

Entrez dans le monde d'Harlequin.

C'est le monde des rêves passionnés et des rencontres sentimentales.

C'est aussi le monde merveilleux des beaux pays lointains.

Dépaysez-vous en lisant, chaque mois, dix nouveaux livres.

Collections Harlequin. Tout un monde d'évasion.

Achevé d'imprimer en octobre 1979
sur les presses de l'Imprimerie Bussière
à Saint-Amand (Cher)

— N° d'imprimeur : 1558. —
— N° d'éditeur : 106. —
Dépôt légal : 4e trimestre 1979.

Imprimé en France